Charlotte Niese

Corisande

Verone

Charlotte Niese

Corisande

1st Edition | ISBN: 978-9-92500-195-8

Place of Publication: Nikosia, Cyprus

Erscheinungsjahr: 2016

TP Verone Publishing House Ltd.

Reproduktion des Originals in Großdruckschrift.

Charlotte Niese

Corisande

Geschichten aus Holstein

Corisande - Der langweilige Kammerherr - Die Geschichte des Etatsrats - Die erste Liebe

Corisande

Ehemals hatten sich die Leute in der kleinen Stadt darüber gewundert, dass die alte Gräfin noch lebte. Nun wunderten sie sich nicht mehr, denn einmal im Leben hört das Staunen auf, selbst bei den verwunderlichsten Dingen. Vor Zeiten, wenn irgendeine böse Krankheit in die Stadt kam, oder wenn ein strenger Winter Stein und Bein gefrieren machte, da sagten die Bewohner des Städtchens zueinander: Nun wird wohl die alte Gräfin auch draufgehen! Aber sie ging nicht drauf, und schon seit Jahren hieß es, dass die alte Dame nicht stürbe, weil sie nicht sterben könne. Aus welchem Grunde sie das nicht vermöchte, wusste niemand anzugeben, und schließlich war es den Fernstehenden auch gleichgültig; wohl darum, weil beim Leben und Sterben doch kein Mensch mitzureden hat.

Jedenfalls konnte sich niemand das alte Haus in der stillen Straße ohne die Gräfin denken, zumal die Kinder. Denn gegen die war die alte Dame am freundlichsten. An warmen Frühlingstagen, oder wenn der Herbst noch goldigen Sonnenschein brachte, saß sie am geöffneten Fenster, das nach der Straße ging, und sah den Kindern zu, die vor dem Hause spielten. Sie hatte nichts dagegen, dass in ihrem kleinen Vorgarten Ball und Kreisel gespielt wurde, und wenn sich die Jungen prügelten, so lachte sie und klatschte in die Hände. Daher sagten auch die meisten vernünftigen Leute, der Verstand der Gräfin sei nicht mehr ganz in Ordnung, und das mochte wohl auch der Fall sein, obgleich darüber nichts Gewisses erkündet werden konnte. Denn ihre Gesellschafterin, Fräulein Ahlborn, gehörte zu den stillen alten Jungfern, von denen es ja noch etliche in der Welt gibt. Sie sprach niemals über ihre Herrin, und selbst die neugierigste Kaffeebase des Städtchens hatte es aufgegeben, mit ihr in Verkehr zu kommen. Wer also etwas von der Vergangenheit und den Schicksalen der alten Gräfin wissen wollte, der musste sich an sie selbst wenden. Die Auskunft aber, die dann erteilt wurde, befriedigte nicht alle Frager. Denn meistens klagte dann die Dame sehr über ihre Gesellschafterin, die sie nach alter Sitte nur bei ihrem Vatersnamen nannte.

Ahlborn war nach ihrer Beschreibung ein junges, dummes und sehr unbrauchbares Geschöpf, das lauter unnütze Dinge im Kopfe habe und deshalb auch nächstens weggeschickt würde. Sie habe große Anlage zur Trägheit, sitze am liebsten den ganzen Tag im Lehnstuhl und sei neulich so frech gewesen, von ihrem letzten Willen zu sprechen. Ihr letzter Wille! Die Gräfin ereiferte sich. Es sei ihr unbegreiflich, wie ein so junges Mädchen auf diesen trübseligen Gedanken kommen könne! Es sei entschieden notwendig, dass Ahlborn bald heirate, dann würde auch ihre Stimmung besser werden.

So redete die alte Dame, und der neugierige Besucher saß da mit unheimlichen Gefühlen. War ihm doch bekannt, dass Fräulein Ahlborn fünfundsiebzig Jahre zählte, dass sie also vielleicht ein kleines Recht darauf hatte, an ihren letzten Willen zu denken. Gehörte der Besucher dem geistlichen Stande an, wie es meistens der Fall war, so begann er wohl unter einigem Räuspern davon zu sprechen, dass es vielleicht nicht übel sei, gelegentlich den Tod, der ja alle Menschen einmal ereile, ins Auge zu fassen. Aber weiter kam er nicht mit seiner Bemerkung, denn die Gräfin wurde nun sehr böse. Es sei unpassend, sagte sie, in anständiger Gesellschaft vom Tode zu sprechen. Man müsse immer tun, als gäbe es keinen Tod, dann komme er auch nicht zu einem. So halte man es bei Hofe, und so habe sie es auch immer getan.

Wenn sich der vorlaute Besucher kopfschüttelnd entfernt hatte, dann pflegte die Gräfin Fräulein Ahlborn rufen zu lassen und ihr in wenigen raschen Worten zu kündigen. Sie passen nicht für mich! Sie sind zu jung für ihre Stellung, zu unbedacht! Sagte sie dann in ihrer kurzen Weise. Dann nickte Fräulein Ahlborn ruhig, denn sie kannte diese Kündigungen seit mehr als fünfzig Jahren und wusste, dass sie die Gräfin nach einer Viertelstunde wieder vergessen hatte.

So war es denn auch. Wenn die alte Dame den Kopf in die Kissen ihres Lehnstuhls gedrückt und fünf Minuten geschlafen hatte, so wusste sie nichts mehr von ihrem Ärger über Fräulein Ahlborn und sah wieder nach den Kindern aus, die auf der Straße spielten. Sie verlangte Leben und Geräusch, und wenn die Kinder still waren, dann musste Fräulein Ahlborn Kuchen unter sie verteilen. Sofort versammelte sich eine große Schar vor der Haustür; es gab Geschrei und Gelächter, Danksagungen und auch wohl ein gelegentliches Geheul, wenn sich jemand benachteiligt glaubte; aber die alte Gräfin freute sich über alles. Manchmal sah sie dann allerdings mit einem merkwürdig forschenden Ausdruck die Straße hinab, als erwartete sie noch jemand. Wenn aber niemand kam, so horchte sie wieder auf die Kinderstimmen.

Sehr viel Besuch kam nicht in das stille Haus. Hin und wieder einige jüngere Aristokraten, die der Gräfin flüchtig die Hand küssten, über das Wetter sprachen, in dem dunkeln Esszimmer einige Gläser Portwein tranken und sehr gnädig gegen Fräulein Ahlborn waren. Sie brachten ihr wertvolle Geschenke, klopften sie auf die Schulter und versicherten sie ihrer unauslöschlichen Dankbarkeit. Diese dankbaren Menschen waren die Enkelkinder der alten Dame, und für einen Fremden musste es etwas Rührendes haben, wie sehr sie sich über das lange Leben ihrer Großmutter freuten.

Fräulein Ahlborn aber war keine Fremde und daher auch nicht gerührt. Sie wusste ganz genau, dass diese zärtliche Liebe nur der großen Pension galt, die die Gräfin aus einem Nachbarstaate bezog, und die fast ganz ungeschmälert unter die Enkelkinder verteilt wurde. Es war eine bedeutende Summe, die halbjährlich zur Auszahlung kam, und die Nachkommen der Gräfin konnten sie gut gebrauchen. Wenn aber die Gräfin starb, so versiegte die Einnahmequelle.

Nur viel Champagner, liebes Fräulein Ahlborn! Flüsterte die hübsche kleine Baronin, die Enkelin der Gräfin. Und vergessen Sie die Austern nicht!

Die Verwandten saßen in dem kühlen Esszimmer und warteten auf die Verteilung der Pension.

Großmama muss auch manchmal geistige Anregung haben, meinte ein junger Mann, der nachdenklich den dunkelroten Wein in seinem Glase betrachtete. Sie hat doch etwas abgenommen in den letzten sechs Monaten. Als ich ihr heute erzählte, dass es geregnet habe, sah sie mich ganz fassungslos an!

Wahrscheinlich haben Sie ihr diese Bemerkung schon öfter gemacht, meinte Fräulein Ahlborn. Sie müssen ihr etwas Heiteres, Lustiges erzählen, das regt sie an!

Etwas Lustiges? Du lieber Gott! Die kleine Baronin schauderte. Sie kommt mir gar nicht lustig vor, eher leichen- und gespensterhaft! Weißt du, Arwed – sie wandte sich an ihren Gatten, einen ältern Herrn, der noch kein Wort gesagt hatte –, weißt du, dass mir Mama einmal erzählte, Großmama könne nicht sterben, weil sie nicht wolle? Sie wartet noch auf jemand, den sie vorher sprechen muss!

Dummes Zeug! Murmelte der Baron. Er hatte schon vorhin sehr missmutig ausgesehen; nun wurde sein verlebtes Gesicht noch verdrießlicher.

Ihr Männer sagt immer: Dummes Zeug! Wenn wir euch etwas Interessantes erzählen, schmollte die Baronin. Mama hat es mir gesagt, und sie musste etwas davon verstehen, wenn sie auch nicht allzu viel mit ihrer Mutter verkehrt hatte. Ich glaube, die Großeltern haben getrennt gelebt. Nun einerlei, ich gönne Großmama von Herzen einen stillen Tod.

Baron Arwed fuhr auf und warf seiner Gemahlin einen strengen Blick zu. Schweigt sagte er heftig; wie kann man so gottvergessen sein und einem menschlichen Wesen, noch dazu seiner eignen Großmutter, den Tod wünschen? Er fuhr sich mit der Hand über den kahlen Kopf und räusperte sich laut. Ich für meine Person danke der Vorsehung täglich, dass sie uns das teure Leben deiner Großmutter solange erhalten hat. Möge sie es auch noch ferner in ihren Schutz nehmen.

Einige der Anwesenden murmelten eine Zustimmung; dann wurde noch etwas Wein getrunken, und Fräulein Ahlborn brachte die heute eingetroffne Pension. Gewissenhaft wurde sie verteilt, und als die kleine Baronin ein dickes Paket Banknoten in der Tasche ihres Mannes verschwinden sah, empfand auch sie große Dankbarkeit gegen die Vorsehung. Das hinderte sie aber nicht, während sie Fräulein Ahlborn beim Abschiede noch Austern und Champagner für die Gräfin empfahl, im Stillen den lieben Gott zu bitten, sie selbst doch nicht so entsetzlich alt werden zu lassen. Als sich die Verwandten alle schnell verabschiedet hatten, saß die Gräfin am Fenster und sah den Davoneilenden nach.

Ahlborn, sagte sie verwundert, sollten das Lolos Kinder gewesen sein?

Ja, Ihro Gnaden; es waren die Kinder von Komtess Lolo!

Wie alt kommen die mir vor! Es scheinen keine Kinder mehr zu sein.

Die Frau Baronin ist doch erst fünfunddreißig! Erlaubte sich Fräulein Ahlborn zu bemerken.

Die alte Dame erhob abwehrend die Hände. Sprechen Sie nicht von so abscheulich hohen Zahlen, Ahlborn! Ich will es nicht wissen, wie alt die Menschen sind, es regt mich auf! Sie mit Ihrer jugendlichen Unbedachtsamkeit passen nicht für mich, Ahlborn. Sie müssen heiraten, das ist die beste Lösung für Sie. Ich werde mich nach einer Partie für Sie umsehen, dann können Sie mich verlassen. Haben Sie mich verstanden?

Gewiss, Euer Gnaden; ich werde gehen.

Da kommen die Kinder aus der Schule! Sagte die Gräfin, und über ihr welkes Gesicht glitt ein flüchtiger Freudenstrahl. Bringen Sie doch den Kleinen Kuchen, und sorgen Sie dafür, dass sie morgen Schokolade bekommen!

Dann schlief sie ein.

Wenn die heißen Sommertage kamen, dann saß die Gräfin in ihrem Garten. Dort war es kühl und schattig, und da an der einen Seite ihres Besitztums ein kleiner Landsee lag, so fehlte es ihr auch nicht an einer gelegentlichen Abwechselung. Hier flogen die Möwen über den glatten Wasserspiegel, aus dem Schilf flatterten wilde Enten, und hin und wieder glitt ein Schiffchen vorbei. Die Kahnfahrer sangen auch, manchmal lustige, manchmal traurige Lieder. Dann hob die alte Gräfin den Kopf und lauschte. Sie summte wohl auch selbst ein Liedchen, bis sie die Melodie vergaß und sich mit einem suchenden Blick umsah. Doch die Melodie kam nicht wieder, und endlich schlief die Gräfin ein. Aber auch unter den blühenden Büschen des Gartens sehnte sie sich nach Jugend und nach lachenden Gesichtern, und wenn es Fräulein Ahlborn gelang, einiger jungen Mädchen habhaft zu werden, dann war ihre alte Herrin sehr erfreut. Sie kamen nur nicht gern, diese jungen eben erblühten Mädchenknospen, und wenn sie konnten, verschwanden sie schnell wieder. Sie behaupteten, es sei ihnen bange vor der gespenstischen Gräfin, und Fräulein Ahlborn hatte ihre liebe Not, dass sie doch wenigstens etwas Schokolade und Kuchen genossen und sich eine Weile von den tiefliegenden Augen der alten Dame anstarren ließen.

Sie hatte eine besondre Art, diese jungen Gesichter anzusehen; etwa so, als wenn sie jemand suchte und ihn nicht finden könnte. Dann murmelte sie unverständliche Worte vor sich hin, schüttelte den Kopf und sah grenzenlos traurig aus. So traurig, dass selbst das junge Volk, das doch sonst mit dem Alter wenig Mitleid hat, eine Art Rührung empfand und Fräulein Ahlborn fragte, was denn die Gräfin suche. Worauf die Gesellschafterin allemal einen tiefen Seufzer ausstieß und antwortete: Was sie sucht, Kinder? Ich kann es euch nicht sagen, und ihr würdet die Geschichte auch nicht verstehen. Denn ihr versteht noch nicht alles, was in dieser argen Welt vorgeht. Wenn ihr aber einmal alt werden solltet, dann will ich euch nur wünschen, dass ihr niemals so suchen mögt, wie es meine arme Herrin tut!

Über diese kleine Rede lachten die Jungen immer sehr. Schon deswegen, weil es ihnen ganz unfasslich schien, dass sie jemals alt und traurig werden könnten. Dann huschten sie davon und kamen lange nicht wieder.

Eines Tages war die alte Gräfin sehr unruhig gewesen und hatte Fräulein Ahlborn heftig gescholten. Sie langweile sich, behauptete sie mit weinerlicher Stimme. Es sei unerträglich, wenn man jung und schön sei, seine Jugend so in der Einsamkeit zu vertrauern. Sie wolle Abwechslung haben, Besuch, heitere Gäste, sonst gehe sie ins Wasser und suche Vergessenheit. Da sie inzwischen der Gesellschafterin auch wieder kündigte und ihr ihre törichte Jugend vorhielt, so hatte diese keinen leichten Stand. Und als die Gräfin auf ihrem Rollstuhl in den Garten hinausgefahren war – denn es brütete ein heißer Sommertag über der kleinen Stadt –, da stellte sich Fräulein Ahlborn an die geöffnete Tür ihres Hauses und blickte seufzend auf die menschenleere Straße.

Plötzlich fuhr sie zusammen, als wenn sie einen Geist sähe. Und doch war es kein Geist, sondern ein junges Mädchen, das dicht vor ihr stand und nachdenklich einen blühenden Rosenbusch betrachtete, der im Vorgarten wuchs, und dessen schneeweiße Blüten einen feinen Duft ausströmten. Einen Augenblick stand die Gesellschafterin unter dem Banne eines großen Erstaunens. Dann aber atmete sie erleichtert auf, pflückte einige Rosen von dem Strauch, bot sie der Fremden an und stammelte eine Einladung, in den Garten zu kommen. Auch sah sie so freundlich, so vertrauenerweckend aus, und das Haus war so einladend kühl, dass sie nicht lange zu bitten brauchte.

Im Garten saß die alte Gräfin und hatte die Augen halb geschlossen. Sie war ruhiger geworden, nur ein sehnsuchtsvoller Zug lag auf ihrem Gesicht, und manchmal fuhr sie empor und lauschte in die Ferne. Ein mit

Champagner gefülltes Glas stand neben ihr; manchmal führte sie es mit zitternden Händen an die Lippen und trank einige Tropfen. Wenn ein Vogel besonders laut sang, dann öffnete sie wohl die Augen und blickte nach oben. Dann sah sie auch den blühenden Jasminbusch, unter dem sie saß, und atmete seinen Duft ein.

Plötzlich hörte sie Schritte neben sich, und als sie neugierig den Kopf wandte, richtete sie sich kerzengerade in die Höhe. Einen Augenblick war sie stumm, dann stieß sie einen Laut des Entzückens aus.

Corisande! Du bist es! Ach, ich wusste es ja, dass du heute kommen würdest! Ich wusste es!

Liebkosend strich ihre welke Hand über das gesenkte blonde Haupt der jungen Fremden.

Ich wusste es! Wiederholte sie noch einmal triumphierenden Tones. Wenn meine Corisande zwei oder drei Tage verstreichen lässt, ohne mich zu besuchen, dann finde ich es ganz entsetzlich. Ich kann es nicht aushalten, Kleine, gerade jetzt nicht. Du weißt, meine Nerven haben gelitten durch die bösen Träume der letzten Zeit! Die bösen Träume!

Sie seufzte und winkte dann. Ahlborn, einen Stuhl für das gnädige Fräulein!

Gehorsam setzte sich das Mädchen auf einen Sessel, den die alte Gesellschafterin eilig herbeiholte, sah dann aber ängstlich um sich.

Fräulein Ahlborn legte ihr beruhigend die Hand auf den Arm und flüsterte: Ihro Gnaden halten Sie für Corisande, für Fräulein Corisande. Lange schon verlangte sie nach Ihnen!

Wie überwältigt vor Freude hatte sich die alte Gräfin wieder in ihren Stuhl zurückgelegt. Die letzten Worte Fräulein Ahlborns hatte sie gehört, und sie nickte eifrig. Ja, Kleine, ich verlangte nach dir; obgleich Ahlborn noch so jung und unerfahren ist, so hat sie doch für meine Sehnsucht ein wenig Verständnis gezeigt. Aber du wirst mir darin beistimmen, dass ich sie bald entlasse. Sie passt nicht für mich. Meine Gesellschafterin muss eine mehr gesetzte Person sein!

Hastig griff die Gräfin nach ihrem Champagnerglase und tat einen kräftigen Zug. Wo ist Corisandes Glas, Ahlborn? Rief sie ungeduldig. Sie wissen doch, dass sie gern Champagner trinkt, wenn auch nicht so gern wie ich. Nun ja, wenn man Braut ist und jünger als ich, dann muss man die Dehors wahren! Sieben Jahre bist du jünger als ich, nicht wahr, Kleine? Deshalb habe ich auch immer versucht, dich zu behüten und zu bemuttern!

Die Gräfin lachte plötzlich. Nun, sehr viel Anlage habe ich eigentlich nicht zum Vernünftigsein. Mein Herz – sie machte eine Bewegung, als wenn sie körperliche Schmerzen empfände, dann lachte sie wieder und hielt ihr leeres Glas der Gesellschafterin hin. Euer Gnaden sollten nicht so viel sprechen, sagte diese, indem sie die Flasche aus dem Eiskübel nahm und vorsichtig das Glas füllte.

Seien Sie nicht so vorlaut! Schalt die Gräfin. Das Mädchen kennt ihre Stellung gar nicht! Seufzte sie, zu ihrem Besuch gewandt. Ich denke, dass ich bald einen braven Mann für sie finde; vielleicht einen Gutspächter. Aber lassen wir das. Du siehst reizend aus, Corisande! Sie sah das junge Mädchen mit strahlenden Augen an.

Habe ich es nicht immer gesagt, dass du sehr hübsch aussehen könntest? Deine Mutter behauptet, du hättest nur *beauté de diable*, aber das ist nicht wahr. Wenn du wie heute ein helles Kleid trägst, dazu an der Brust frische Rosen, dann finde ich dich entzückend. Prinz Christian hat mir neulich etwas Ähnliches über dich gesagt, und er ist ein feiner Kenner von Frauenschönheit. Auch Alfred findet dich hübsch, obgleich er erst ein wenig zweifelhaft war. Jetzt aber hat er sich sehr entschieden darüber ausgesprochen. Ganz gewiss, Kleine, er findet dich sehr hübsch!

Die Gräfin schwieg und sah nach den weißen Jasminzweigen über ihrem Haupte.

Alfred war der Verlobte von Fräulein Corisande, sagte die Gesellschafterin leise zu der Fremden, die sich hilflos umsah, als wäre sie eine Gefangne.

Wenn Sie mich noch einmal unterbrechen, Ahlborn, dann packen Sie noch heute Ihren Koffer! Rief die Gräfin aufgeregt. Sobald sie aber wieder in das junge Gesicht neben sich blickte, nahmen ihre Augen denselben zärtlichen Ausdruck an.

Weißt du noch, Kleine, dass du ihn auch zuerst nicht besonders gern hattest? Nun, solche abgeredete Partien sind nicht immer angenehm; von ihrer Notwendigkeit bin ich aber doch überzeugt. In unserm Stande muss man sich hüten, von seinem Herzen zu sprechen, man könnte sentimental werden, und das schickt sich nicht für uns. Auch du, Corisande, dachtest nicht darüber nach, ob du den Mann liebtest, den dir deine Eltern bestimmten. Schweigend tatest du, was sie von dir verlangten, dein Herz schlug nicht höher, als du Braut wurdest. Was ist denn überhaupt Liebe?

Die Gräfin lachte laut.

Die Liebe – sie wiederholte das Wort noch einmal – ist ein Rausch, eine Idee, manchmal nur eine Gedankenlosigkeit. So, Kleine, sprachen wir über sie, und du sahst mich immer so unschuldsvoll mit deinen blauen Augen an, weil du von der Welt und ihrer Arglist nichts verstandest. Bewahre dir deine Unschuld, denn bei uns gibt es auch keine Liebe. Vielleicht findet man sie bei den ganz gewöhnlichen Menschen, die nicht zu Hofe kommen und den ganzen Tag nichts zu denken haben. Bei diesen Leuten kann die Liebe wohl vorkommen; bei uns nicht. Du siehst doch auch, Corisande, dass ich meinen Gemahl nicht liebe, und dass er sich aus mir nicht das Geringste macht. So ist es immer in unsern Kreisen, und es ist gut so. Mein Gemahl ist ein hübscher Mann, und ich weiß genau, dass er irgendwo in der Vorstadt ein Häuschen hat, wo – ach, was erzähle ich dir da, Kleine! Ich bin nicht eifersüchtig, ich freue mich vielmehr, dass sich Seine Exzellenz der Graf manchmal von dem Zusammenleben mit mir erholt. Früher habe ich allerdings gehofft, er würde etwas freundlicher gegen mich werden – ich war sehr jung und fühlte mich einsam. Allmählich aber habe ich mich an seine Kälte gewöhnt. Er ist eben Edelmann vom Scheitel bis zur Sohle und kann nicht heucheln. Aber er verlangt auch nicht, dass ich mich seinetwegen geniere. Deshalb führen wir jetzt eine sehr glückliche Ehe, eine Musterehe.

Die Gräfin lachte wieder, aber etwas wehmütiger, und Fräulein Ahlborn redete ihr leise zu: Euer Gnaden sollten sich nicht aufregen!

Lassen Sie sich sofort Ihren Lohn auszahlen! Rief die Gräfin. Was sollte mich aufregen? Spreche ich nicht alle Tage mit meiner Corisande? Allerdings – sie sah nachdenklich in den Himmel –, es kommt mir vor, als hätte ich die Kleine eine Woche lang nicht gesehen. Oder ist mir nur die Zeit so lang geworden? Weshalb kamst du nicht, Kleine? Hatte ich denn so viel zu tun? Da war der Ball beim Erbprinzen, das Fest beim österreichischen Gesandten, die Ausfahrt mit den Engländern, und dann die große Gesellschaft dir zu Ehren. Da sah ich dich doch auch! Du und dein Alfred, ihr waret ja die Hauptpersonen! Dein Verlobter, der Graf Alfred, ist eine liebenswürdige Erscheinung, und es hat den Anschein, als wenn du an ihn ein kleines Stück deines Herzens verloren hättest. Nur kein großes Stück, liebe Kleine! Das wäre nicht gut und würde dir nur Schmerzen machen. Das Leben aber ist zu kurz, sich mit Grämen aufzuhalten. Weine also nicht, Corisande, wenn Alfred einmal andre Wege geht, als du denkst. Mein Gott, es braucht kein Häuschen in der Vorstadt zu sein. Aber er ist eigentümlich angelegt, und es wäre schon möglich – erschrick nicht, es wäre ja möglich –, dass er sein Herz verschenkt hätte, ohne dich zu fragen. So etwas kommt vor, Kleine, und du wirst dich auch trösten. Bedenke doch, wie lustig wir in der Residenz leben, und wie schön die Feste des Erbprinzen sind! Auch der alte König, wenn er auch schlechte Manieren hat, so verdirbt er doch niemandem die Freude. Ahlborn, ein Glas Champagner!

Gehorsam brachte die Gesellschafterin das frischgefüllte Glas an den zitternden Mund der Gräfin, und diese trank hastig. Dann ließ sie es ruhig geschehen, dass ihr Fräulein Ahlborn den Kopf in die Kissen drückte. Sie war müde geworden. Einmal noch griff sie nach den Jasminblüten, die von den Büschen herabhingen, dann schloss sie die Augen und schlief fest ein.

Das junge Mädchen, das in halber Betäubung neben der Gräfin gesessen hatte, wollte hastig aufstehen; aber ein flehender Blick Fräulein Ahlborns hielt sie zurück. Die alte Dame hatte so freundliche Augen, und diese baten so dringend: Bleibe! Dass die Fremde keine Betrübnis erregen wollte. Auch war es erfrischend kühl hier unter den Büschen, während die heiße Luft auf dem Wasser zu zittern schien und kein Vogel zu hören war. Da war es nicht allzu schwer, den bittenden Augen der Gesellschafterin nachzugeben.

Sie wird gleich aufwachen und weiter mit Ihnen sprechen, flüsterte Fräulein Ahlborn. Sie hat sich so lange Jahre nach Ihnen gesehnt, sie wird ruhig werden, wenn sie Ihnen alles erzählt hat!

Wie kann sie sich nach mir sehnen? Ich bin neunzehn Jahre alt, sagte die Fremde verwirrt.

Die Gesellschafterin lächelte flüchtig. Ich will Ihnen später ein Bild zeigen, Sie werden sich wundern, wie es Ihnen gleicht, es stellt die wirkliche Corisande vor, die Corisande –

Bei diesem Namen erwachte die Gräfin wieder.

Corisande! Wo bist du? Rief sie angsterfüllt. Als sie aber das junge Antlitz wieder erblickte, atmete sie beruhigt auf. Der minutenlange Schlaf hatte sie erfrischt. Sie setzte sich höher in ihrem Rollstuhl und griff nach der Hand des jungen Mädchens.

Du darfst nicht so bald fortgehen, Kleine, wie du jetzt manchmal tust. Als wenn wir uns gar nichts mehr zu erzählen hätten! Ehemals stand dein Mündchen nicht so still, so viel wusstest du mir zu berichten, und nun sprichst du oft kein Wort. Ich muss dir doch erzählen, was mir neulich träumte. Ein dummer, törichter Traum, in dem Alfred vorkam und auch du! Warte einen Augenblick und gib mir deine Hand, dann fällt mir alles wieder ein. Deine Hände habe ich immer so gern angefasst, sie sind so schlank gebaut, es sind vornehme Hände! Mein Gemahl sagte einmal von dir, du würdest nie etwas Hässliches, Unreines damit festhalten. Das war nun ganz hübsch gesagt, aber ich ärgerte mich doch über seine Worte, weil er mich dabei so besonders ansah. Auf mich kann er seine Bemerkung doch nicht beziehen, denn bis jetzt hat mir noch jedermann gesagt, ich wäre eine Schönheit. Und unrein – pah, das ist ein sehr geschmackloses Wort! Seine Exzellenz mein Gemahl hat aber manchmal eine sehr unangenehme Art, mit mir zu sprechen, eine Art, die mich verletzt. Deshalb mag er meinetwegen in sein Vorstadthäuschen gehen! Zieh deine Hand nicht weg, Kleine; ich weiß, du wirst betrübt, wenn ich etwas über meinen Mann sage. Vielleicht denkst du, dass es mit Alfred und dir einmal ebenso wird wie mit uns beiden. Gräme dich aber nicht darum! Das ist der Lauf der Welt, und schließlich findet man andre Freuden.

Die Gräfin hatte wieder sehr schnell gesprochen. Jetzt nickte sie und murmelte einige unverständliche Worte. Inzwischen war die Sonne verschwunden. Bleigrauer Nebel stieg am Horizont auf, und über das Wasser kam hin und wieder ein Windstoß, der einige welke Blätter von den Bäumen schüttelte. Dann wurde die Luft wieder ganz still.

Die Gräfin zog mit einer Hand ihr Tuch über den Schultern zusammen. Wie unheimlich still ist es hier! Sagt sie. Manchmal friert mich, nicht weil ich kalt bin, sondern weil es so still um mich ist. Das kommt alles von diesem dummen Traum, der mich verfolgt und quält. Er handelte meistens von Alfred. Du weißt, Kleine, eine Braut in unserm Stande darf nicht sentimental sein. Du weißt auch, dass ich Alfred schon länger kannte. Aber erschrick nicht; es ist ja nur ein Traum!

Die Gräfin streichelte die Hand des jungen Mädchens.

Ich liebte deinen Alfred zuerst gar nicht; wir hatten uns als Kinder gesehen, und da kennt man sich zu genau, um sich nachher zu lieben. Er hatte immer von mir gesagt, ich nähme das Leben mit seinen Pflichten nicht ernst genug, und diese Äußerung nahm ich ihm übel. Mein Gott, sind wir den erschaffen, damit wir uns durchs Leben langweilen sollen? Ahlborn, geben Sie mir zu trinken, dass mir der Ärger nicht schadet!

Die alte Gräfin trank hastig, dann fuhr sie fort zu sprechen.

Ich hatte mich also schon früher über Alfred geärgert, und wie er nun als dein Verlobter kam, da ignorierte ich ihn. Er merkte das und lachte über mich. Weshalb tat er das? Und weshalb küsste er dich so zärtlich in meiner Gegenwart, da ich doch wusste – ja Kleine, ich wusste es! –, dass er dich heiraten musste, wenn er Ordnung in seine Finanzen bringen wollte. Nimm mir meine Offenheit nicht übel; wir haben ja nie Geheimnisse voreinander gehabt, und du darfst auch nicht gar zu blindlings in die Ehe gehn. Alfred beschäftigte mich; ich dachte viel an ihn, und dann konnte ich auch nicht umhin, ihn anziehend zu finden. Es lag etwas Kaltes in seinen stahlblauen Augen, das mich beinahe ärgerte. Ich dachte unwillkürlich darüber nach, ob dieser kühle Blick jemals aufflammen, ob dieser trotzig geschnittene Mund wohl törichte Worte stammeln könnte. Ich sah, dass er dich küsste; aber seine Augen blieben kühl – konnte er nicht warm werden? Solche Gedanken sind dumm, nicht wahr, Kleine, ich habe sie auch nur geträumt. Aber selbst Träume können uns quälen, wenn sie immer wiederkehren. Und diesem Traum folgte ein andrer.

Die Gräfin ruhte einen Augenblick und atmete den Jasminduft ein.

Denke dir: Ich bin im Garten, und der Jasmin blüht. Es ist Abend, und Hunderte von Sternen funkeln. Ganz allein sitze ich in der Laube und träume vor mich hin. Schon mehrere Tage habe ich meinen Gemahl nicht gesehen, ich denke auch nicht an ihn, ich denke an Alfred und an seine kalten Augen. Plötzlich steht er vor mir, und seine Lippen reden törichte Worte. Dann hält er mich in seinen Armen und küsst mich heiß. Der Jasmin duftet wie zuvor, die Sterne funkeln, und wir sind selig, lächerlich selig für diese Welt!

Die Stimme der Gräfin klang verschleiert, eine Weile schwieg sie, dann atmete sie tief auf.

Aber es war ein Traum, Kleine, ein kurzer Traum! Alfred sagte, er wolle die Rosen pflücken, solange ihn ihr Duft beglücke, und ich genoss die schönen Augenblicke. Manchmal kamen die seligen Minuten allerdings wieder – im Traum –, wir schrieben uns törichte Sachen – natürlich nur im Traum. Später, Kleine, wollte ich dir alles erzählen, jetzt nicht; du hättest dich aufregen können, und das war ja nicht nötig. Wenn du und Alfred verheiratet wäret und als vernünftige Eheleute nebeneinander herginget, dann solltest du alles wissen, wir wollten darüber lachen. Nein, noch konnte ich dir nichts sagen; du warst zu ernsthaft und auch zu jung. Da nimmt man das Leben zu tragisch, gerade so, wie es Ahlborn tut!

Die Gräfin lachte flüchtig und spöttisch. Sie sah aufrecht in ihrem Stuhl, jede Spur von Müdigkeit war aus ihrem Antlitz gewichen.

Die Gesellschafterin sah sie ängstlich an. Euer Gnaden sollten heute nicht mehr sprechen, Fräulein Corisande kommt morgen wieder!

Schweigen Sie! Sagte die Gräfin gebieterisch. Was wissen Sie davon, ob das gnädige Fräulein morgen kommen kann? Sie wird keine Zeit dazu haben, denn ihre Hochzeit findet in diesen Tagen statt; ihre Hochzeit mit Graf Alfred. Ein großes Fest! Der ganze Hof erscheint; die Majestäten und Prinz Christian. Corisande wird bezaubernd aussehen in ihrem weißen Brokatkleide und dem Brautschleier aus Valenciennesspitzen. Der Schleier ist mein Geschenk, das ist seit langer Zeit verabredet! Der Schleier –

Die Gräfin sprach das Wort zögernd, und ein Schatten flog über ihr Gesicht. Was war es nur mit dem Schleier? Auch von ihm hat mir geträumt. Es ist merkwürdig, wie mich die Träume quälen, ich muss etwas für meine Gesundheit tun. Ich schickte dir den Schleier, Corisande – wann war es doch? – richtig, den Morgen darauf, nachdem du bei mir gewesen warest. Du überraschtest mich damals so, Kleine, denn du gestandest mir errötend und unter Tränen, dass du Alfred liebtest. Alfred, der fast täglich vor mir auf den Knien lag und sein Haupt in meinen Schoß legte, Alfred, den ich vergötterte! Nun liebtest du ihn mit einem Male, und in dir, dem kindereinfältigen Geschöpfe, war das Herz erwacht! Alfred gehörte von Rechts wegen dir; wie du mit mir sprachst und in abgebrochnen Sätzen dein Bekenntnis stammeltest, da stand es plötzlich vor meiner Seele, dass er dein sei. Und ich hasste dich, Kleine, aber es war nur im Traume. Ich vergaß plötzlich, dass ich dich schon lange, lange liebte, und ein ohnmächtiger Zorn kam über mich, den ich nur mühsam verbarg. Du musstest meine Verstimmung merken, denn du blicktest mich bekümmert an, küsstest mich und flüstertest: Bleibe mir gut! Als ich deine Wange an der meinen fühlte, wurde mein Zorn etwas gelinder, und nachdem du gegangen wärest und ich noch einmal deine Umarmung gefühlt hatte, blieb mir Zeit zum Nachdenken. Mir fielen die Stunden ein, liebe Kleine, wo wir zusammen gewesen waren. Du sahest immer zu mir herauf, als der Ältern und Erfahrneren. Mehr als einmal behauptetest du, ich wäre viel besser als du, und wenn ich dazu lachte und den Kopf schüttelte, dann wurdest du böse. Kein Mensch, sagtest du, könne dir den Glauben an mich nehmen, und wenn alle Leute von mir sagten, ich wäre schlecht, so würdest du das so wenig von mir glauben, als wenn jemand behauptete, die Sonne würde nicht mehr scheinen. Ja selbst, wenn ich gestohlen oder sonst etwas Böses getan hätte, nie würdest du an mir zweifeln und lieber selbst schlecht werden als von mir lassen. Das, war jugendliche Schwärmerei, und ich lachte dich aus; aber im Grunde meines Herzens liebte ich dich doppelt für diese süße Torheit. Manche Leute sagen, dass Frauen einander nicht wahrhaft lieben und die Treue einander nicht bewahren könnten. Das mag sein; ich verstehe nicht viel von diesen Dingen und habe auch wenig darüber nachgedacht. Du warst aber treu und ohne Selbstsucht, und ich wollte wenigstens versuchen, es zu sein. Lange kämpfte ich mit mir, und darüber brach die Nacht herein. Diesen letzten Tag hatte ich Alfred nicht gesehen, und bleischwer waren die Stunden dahingegangen. Nach dieser Nacht sollte wieder ein langer Tag kommen ohne seine Liebe, und so sollte es nun weitergehn, das ganze Leben lang. Ich war allein; mein Gemahl befand sich wieder in der Vorstadt, und so konnte ich mich ungehindert auf den Fußboden werfen und mir die Haare ausraufen. Niemand hörte mich, und niemand konnte mir helfen. Und in all dieser Verzweiflung siegtest du doch, Corisande, und die Liebe zu dir war stärker als die andre. Nein, ich wollte ihn dir nicht nehmen; lieber wollte ich selbst langsam innerlich absterben als dir deine süße Unschuld, deine Liebe verderben! Ich schrieb an

Alfred. In den Romanen steht, dass Leute mit ihrem Herzblut schreiben. Ich weiß nicht, wie das ist. Mein Herz fühlte ich nicht mehr, es war gestorben. Aber ich schrieb ihm, dass ich ihn nie wieder sehen, dass ich versuchen wollte, ihn zu vergessen. Dann erzählte ich ihm, dass du ihn liebtest, und ich bat ihn, gut gegen dich zu sein. Und um mich von allem zu trennen, was mich wieder in Versuchung führen könnte, schickte ich ihm zugleich seine Briefe wieder, von denen er mir so viele geschrieben hatte. Es standen nur törichte Liebesworte darin; aber niemand hatte mir bis dahin Worte der Liebe geschrieben, und ich fand nicht die Kraft, diese Blätter selbst zu vernichten. Trennen aber musste ich mich von ihnen; sonst wäre ich vielleicht wieder schwach geworden. In ein zweites Päckchen legte ich den Brautschleier, der für dich bestimmt war. Bis jetzt hatte ich gezögert, ihn dir zu schicken, nun aber wollte ich alle, alle bittern Gefühle überwinden. Ja, liebe Kleine, ich wollte mein wildes Herz zur Ruhe bringen. Und als der Morgen nach der schrecklichen Nacht kam, da gab ich beide Päckchen dem Diener, damit er sie sobald wie möglich besorgte.

Die letzten Sätze hatte die Gräfin flüsternd gesprochen. Ihre sonst so matten Augen glänzten, und ihre Finger umschlossen fest die Hand der Fremden.

Der Himmel war noch grauer geworden und die Hitze noch drückender. Mit ängstlichem Schrei flogen die Möwen über die glatte Wasserfläche, und im Schilf begann es leise zu zittern.

Fräulein Ahlborn beugte sich zu ihrer Herrin herab. Es wird ein Gewitter geben, sagte sie, darf ich Euer Gnaden nicht ins Haus fahren?

Die Gräfin machte eine abwehrende Bewegung. Gehen Sie mit Ihren taktlosen Fragen, Ahlborn! Haben Sie Ihren Koffer schon gepackt? Gewiss sehr unordentlich! Sie sind noch in den unbedachten Jahren! Komm, Corisande, lass mich dir meinen Traum zu Ende erzählen, wer weiß, wann ich dich wieder sehe. Ach, die Zeit wird mir oft recht lang, und wenn ich nicht wüsste, dass ich jung wäre, ich würde mir einbilden, alt zu sein. Ja, solche Träume machen alt und müde, müde zum Sterben. Aber ich kann nicht sterben, denn ich muss vorher Corisanden alles erzählen, und sie muss mir sagen, dass alles nur ein Traum war! Die Gräfin schauderte leicht zusammen, und ihre Augen blickten wieder erloschen. In Wirklichkeit kann so etwas doch nicht vorkommen, du und ich konnten uns doch nicht so im Zorn begegnen, und du durftest mir doch keine bittern, kalten Worte sagen! Was wusste ich davon, dass ich in der entsetzlichen Aufregung die Adressen der beiden Päckchen verwechselt hatte, dass du meinen Brief an Alfred, seine Liebesworte an mich erhieltest!

Der Atem der Gräfin ging schwer, und ihre Stimme klang ängstlich.

Es war ein hässlicher Traum, Kleine. Du standest vor mir wie eine Richterin. Stolz maßest du mich mit deinen Blicken, und als ich nach deinen Händen greifen wollte, entzogst du sie mir mit einer Bewegung der Verachtung. Du wolltest mich nicht mehr anfassen. Und wo war der süße Klang deiner Stimme, als du mir sagtest, du wollest Alfred mir überlassen! Für dich sei er gestorben und ich auch. Dann gingst du; ich blieb allein, ganz allein, und du warst für mich tot!

Die alte Gräfin machte eine Bewegung, als ob sie fröre und sah mit starren Augen in den grauen Himmel.

Der Traum ist mir sehr lang vorgekommen, Kleine, er wollte gar kein Ende nehmen. Ich lebte noch, aber es kam mir vor, als wäre ich innerlich tot und als sähe die Welt anders, ganz anders aus. Es kamen böse Stunden. Das Gemunkel der Welt, die eisige Verachtung meines Mannes und im Herzen das entsetzliche Gefühl der Leere und Einsamkeit – wie kann man in wenig Augenblicken soviel erleben? Man sagt, ein Traum daure höchstens einige Minuten; ich kann es mir nicht denken. Und doch ist es so. Vor wenig Tagen bist du bei mir gewesen, und heute schon kommst du wieder, weil du weißt, wie sehr ich nach dir verlangte. Jung sind wir beide, und das Leben liegt noch sonnig vor uns – nicht wahr? Und alles, was ich dir erzählt habe, war ein Traum – nicht wahr? Sage es mir selbst! Sage es mir so, dass ich es nie wieder vergesse!

Ja, es war alles ein Traum, erwiderte die junge Fremde, und ihre Stimme zitterte vor Mitleid.

Die Gräfin seufzte tief auf, und ein Ausdruck wunderbarer Erleichterung trat in ihr altes Gesicht. Ach, ich wusste es, ich wusste es, du konntest mir nicht zürnen! Komm, küsse mich noch einmal, Corisande! – Die frischen Lippen des Mädchens berührten leise die welke Wange der Greisin, und diese nickte schläfrig. – Ich bin so müde geworden, so müde und so ruhig. Es war ein Traum – ein Traum!

In diesem Augenblick begannen die Abendglocken, zu läuten. Die alte Gräfin hob ein wenig den Kopf.

Deine Hochzeitsglocken, Corisande. Eile dich. Auch ich komme bald – sehr bald!

Da fielen plötzlich große Regentropfen nieder, und der Donner grollte. Die alte Gräfin schlief fest, als sie ins Haus gefahren wurde. Wenige Minuten später stand die Gesellschafterin mit der Fremden vor einem großen Bilde. Es war mit einem Vorhang verhüllt; Fräulein Ahlborn zog ihn zur Seite – in diesem Augenblick zuckte ein Blitz und beleuchtete geisterhaft einen schön gemalten Kopf, der lebensvoll aus dem Rahmen blickte. Die junge Fremde stieß einen Ruf der Überraschung aus, und die Gesellschafterin nickte ein wenig.

Ja, Sie sehen ihr sehr ähnlich. Es muss Ihnen sein, als sähen Sie sich im Spiegel. Die Natur spielt merkwürdig. Wie dieselben Rosen wiederkehren, so ist es auch mit den Menschen. Ein Geschlecht, auch zwei werden überschlagen; dann aber kehrt plötzlich die Gestalt, das Gesicht wieder, das längst in Staub verfallen ist. Während sie sprach, sah die alte Dame aufmerksam in das Gesicht ihres Gastes, als erwarte sie eine Antwort, und als diese kam, nickte sie, als habe sie alles schon im Voraus gewusst.

Das junge Mädchen sprach zögernd, als steige nur allmählich ein halb verschwommenes Bild in ihrer Seele auf. Meine Großmutter hatte eine sehr viel ältere Schwester. Sie hieß Corisande, und ich erinnere mich aus meiner Kindheit, dass Großmutter von ihr erzählte. Nicht viel – wenigstens weiß ich es nicht mehr. Der Name gefiel mir so gut, und ich war betrübt, dass man mich nicht so nannte. Denn unter den Namen, auf die ich getauft bin, steht auch Corisande. Es hieß aber, der

Name brächte kein Glück: Die Großtante, die ihn geführt hätte, sei einsam und traurig gestorben –

Das alte Fräulein hatte sich gesetzt und blickte wieder von dem Bilde auf das vor ihr stehende Mädchen. Hin und wieder huschten Blitze über die zwei einander so ähnlichen Gesichter, der Donner grollte, und der Regen rauschte hernieder.

Ja, sie ist schon lange tot, sagte die Alte eintönig. Ich habe sie nicht so jugendfrisch gekannt, wie sie hier abgebildet ist. Als ich sie kennenlernte, war sie schon Klosterdame und trug das rote Band mit dem goldnen Ordensstern. Sie war sehr hochmütig geworden und hatte eine ganz besondre Art, über die Menschen hinwegzusehen, die sie nicht mochte. An meiner Herrin sah sie immer vorbei. Zweimal hatte die Gräfin versucht, sich Fräulein Corisande zu nähern, aber sie wurde immer mit so eisiger Kälte behandelt, dass sie es später niemals wieder wagte. Das gnädige Fräulein öffnete auch keinen Brief, den ihr meine Herrin schrieb!

Die Gesellschafterin schwieg und versenkte sich wieder in beide Gesichter, das gemalte und das lebende. Dann sprach sie weiter: Ich meine immer, Fräulein Corisande hätte meiner Gräfin verzeihen können. Ich weiß wohl, es war ein entsetzliches Schicksal, das damals urplötzlich über sie hereingebrochen war. Aber die Gräfin wollte ja alles wieder gutmachen. Sie ist wohl leichtsinnig, aber niemals schlecht gewesen. Auch wurde sie von ihrem Manne so vernachlässigt, dass ihre Fehler eher zu entschuldigen waren. Und sie hat die kurzen Stunden des Glücks bitter büßen müssen. Corisandens Zorn, ihre Verachtung haben ihr das Herz gebrochen und ihren

Verstand in den Zustand gebracht, den Sie eben beobachtet haben. Sie glaubt, noch jung zu sein und ihr ganzes Leben nur geträumt zu haben. Die einzige Sehnsucht dieses Traumes ist nach Corisande, und diese Sehnsucht begleitet sie durch alle ihre Träume. Nun wird sie sich wohl bald nicht mehr sehnen –

Das Fräulein hatte die Hände in den Schoß gelegt und sah noch immer zu dem Bilde empor, über das vereinzelte Blitze zuckten.

Und er?

Das junge Mädchen fragte es zögernd nach einer langen Pause.

Fräulein Ahlborn fuhr aus ihrem Schweigen auf. Er? Sie meinen Graf Alfred? Er hat damals die Stadt verlassen und ist in die Ferne gegangen. Als er wiederkehrte, war er verheiratet. Er war noch immer ein schöner Mann, und man sagte, er sei ein ausgezeichneter Diplomat geworden. Solange ich im Hause der Gräfin bin, hat er es nie betreten. Jetzt ist er lange tot!

Das junge Mädchen schauderte leicht zusammen, und Fräulein Ahlborn lächelte leise. Seien Sie mir nicht böse, dass ich Sie in dieses düstre Haus gelockt habe, wo Sie in eine Gesellschaft von Toten gekommen sind. Denn die Gräfin und ich sind tot; wenigstens für diese Welt, und bald – bald – Weiter sprach sie nicht. Aber auf ihrem Gesicht lag die Freude einer schönen Hoffnung.

Der Regen hatte inzwischen aufgehört. Als die Fremde auf die Straße trat, war die Luft von Blumenduft erfüllt, und in den Jasminbüschen des Gartens begann die Nachtigall, zu schlagen.

Einige Tage waren seitdem vergangen; da geschah etwas Wunderbares und allen Menschen sehr Unerwartetes. Die alte Gräfin war plötzlich eingeschlafen, um nie wieder zu erwachen. Anfangs wollte niemand an die Nachricht glauben, weil es allen ganz unnatürlich schien, dass die Gräfin sterben könnte. Es war aber doch so.

Die Kinder trauerten sehr über diesen Todesfall. Sie sahen nach dem Fenster hinauf, wo die Gräfin so oft gesessen hatte, und erzählten sich, wie oft sie Kuchen von ihr bekommen hätten. Und da jeder behauptete, das größte Stück von ihr erhalten zu haben, so prügelten sie sich schließlich und machten dabei so viel Lärm, dass sich die alte Dame sehr gefreut haben würde, wenn sie es hätte hören können. Aber sie lag mit gefalteten Händen und friedlichem Lächeln auf einem weißen Atlaskissen, und ihre Enkelin, die Baronin, stand vor ihr und betrachtete nachdenklich die Feingeschnittenen, wachsbleichen Züge. Dann sah sie zu dem Bilde Corisandens empor, das unverhüllt zu Füßen des Lagers hing und mit sonnigem Lächeln auf die Tote herabblickte.

Die Baronin hatte eine Ahnung von der Geschichte Corisandens; weil sie aber nichts darüber zu sagen wusste, so begnügte sie sich damit, mehrere Male zu seufzen. Denn sie hatte Gefühl und sah es gern, dass andre Leute das merkten. Als nun ihr Mann neben sie trat, erzählte sie ihm aber doch flüsternd, was sie von der verstorbnen Corisande wusste, und wie die Großmama so sanft eingeschlafen sei, weil sie eine junge Corisande gesehen, die ihr nicht gezürnt hätte.

Die Stimme der Baronin klang bewegt, denn auch in ihrer leeren Seele war eine Saite aufgespannt, die erklingen konnte, wenn sie nur richtig berührt wurde.

Der Baron aber lächelte griesgrämig und sagte, er glaube nicht an Märchen. Dann ging er ins Esszimmer, um Portwein zu trinken und sich zum letzten Male mit den übrigen Verwandten in die Pension der Gräfin zu teilen. Er ahnte nicht, dass Leben und Tod beides Märchen sind – immer dieselben Märchen.

Der langweilige Kammerherr

Der kleine Bauernhof, von dem ich erzählen will, lag ziemlich abseits. Man musste ein ganzes Stück von der Landstraße abbiegen, wenn man zu ihm gelangen wollte; daher kamen nur wenig Menschen hin, und dann nur Spaziergänger, die nicht immer den glatten, wohlgepflasterten Fahrweg wandeln wollten. Auf diese Weise war auch ich nach einer langen, mühevollen Wanderung über sumpfige Wiesen und umgepflügte Felder bei dem Bauernhäuschen gestrandet. Plötzlich stand ich in seinem Garten, einem ungepflegten Fleck Erde, und weil ich müde war, setzte ich mich ohne Weiteres auf eine verfallne Bank, die dicht am Hause stand. Ich war nicht lange allein. Zuerst kam ein gelber Hund, der mich einen Augenblick beschnüffelte und dann an mir aufsprang und sich streicheln ließ. Er war nämlich noch jung, und sein Gemüt schien von bösen Menschen nichts zu wissen. Nach ihm erschien langsam und bedächtig ein Mann; der war aber ganz alt und hatte natürlich schon deswegen ein großes Misstrauen gegen alle Fremden. Er betrachtete mich eine ganze Weile aus tieffliegenden, rotgeränderten Augen; dann sagte er Guten Abend, aber in einem Tone, der mich deutlich merken ließ, dass er mir eigentlich keinen guten Abend wünschte.

Dazu war es noch gar nicht Abend, denn die Sonne stand hoch, und die kleine blasse Mondsichel am Himmel hatte gar nichts zu bedeuten. Bei uns im Norden ist es im Sommer bekanntlich lange Tag, und wenn ich mich auch über eine Stunde weit vom Hause befand, so konnte ich doch vor Einbruch der Dunkelheit schon wieder in den Mauern unsers Städtchens sein.

Daher sagte ich auch dem finstern alten Manne, dass er mir schon erlauben müsse, ein wenig in seinem Garten sitzen zu bleiben, weil ich sehr müde sei.

Er betrachtete mich eine Weile schweigend, dann setzte er sich zu mir. Nun sah ich erst, dass er ungewöhnlich alt war. Sein Gesicht war mit zahllosen Fältchen bedeckt, und sein glatter Schädel konnte sich keines einzigen Haares mehr rühmen. Manchmal fiel ihm auch der Kopf auf die Brust, wie man es bei alten Leuten und bei kleinen Kindern findet; seine Augen aber blickten noch wunderbar klar und scharf.

Als er die blasse Mondsichel ansah, die ganz hinten über dem dunkeln Waldrande stand, trat ein merkwürdiger Ausdruck der Abneigung in sein altes Gesicht. Da is er all wieder! Sagte er halb für sich; da soll doch der Donner einslagen!

Ich mochte den Alten wohl etwas verständnislos angesehen haben, denn er wandte sich nun mit einer gewissen Herablassung zu mir. Ich mein Ihnen nich – sagte er;

for meinswegen können Sie hier gern ein büschen sitzen, wenn Sie das Spaß macht. Wenn ich doll bin, denn bin ich man bloß doll auf den alten Mond, und denn bin ich auch ümmer verdrießlich!

Warum denn? Fragte ich.

Der Alte lachte etwas ungeduldig. Ja, so fragen die Leute woll. Ich hab mal ein Mann gekannt, der las Bücher, und der sagte, auf den Mond würden auch Versens gemacht. Du Heiland! Versens aufn Mond! Da kann einen ja das Grauen bei ankommen. Versens aufn Mond!

Er wiederholte die Worte noch mehrere Mal und sein gelber, hässlicher Hund schien zu glauben, dass er böse sei; denn er sprang an ihm empor, leckte seine verarbeitete Hand und winselte leise, als wenn er sagen wollte: Sei nur stille, ich weiß schon.

Aber ich wusste von nichts, und mein Gesicht musste sehr fragend aussehen, denn der Alte nickte mir zu.

Ja ja; Sie sind woll ein von die Feinens, die allens wissen wollen, und Sie wissen doch nich allens! Sie wissen ja nich mal, wer in dies Haus gewohnt hat!

Ich wusste es in der Tat nicht, und er lächelte zufrieden.

Sehen Sie, ich weiß mehr als Sie, viel, viel mehr! Hier wohnte mein Kammerherr! Haben Sie ihm mal gesehen? Nee – natürlicheweise nich, weil er all längstens tot is – tot und begraben! Ich abers kannte ihm, und ich habe ihm gut gekannt, weil ich all die Jahrens bei ihm war. Zuerst als son Art Reitknecht und denn ganz pöhundpöh als Diener für allens. Da kann ich ein Wort mitsnacken, wenn die Rede auf mein Herrn kommt – ganz gewisslich, und ich ärgere mir nich wenig, wenn andre Leute was sagen wollen über ihm!

Was sagen sie denn? Fragte ich.

Er aber sah die Mondscheibe an und fuhr mit der Hand übers Gesicht. Als wenn ich das verzählte! Du meine Zeit – ganz gewiss nicht! Und ich kann das auch nich, wenn das alte Ding mir anglotzt! Weiß auch gar nich, was unser Herrgott sich gedacht hat, als er son dummes Ding an den Himmel setzte, was doch kein einzigen Menschen leiden mag! Sie mögen ihm leiden? Is wahr? Na, das kommt man bloß von die Jugend und weil Sie noch nix Böses erlebt haben. Wenn Sie man erst dreiundneunzig Jahrens aufn Puckel haben, denn sind Sie auch nich mehr hinterm Mondschein her – denn hat er auch schon hundertmal auf Ihnen geschienen, als Sie das gar nicht haben mochten. Ja, da passen Sie man auf, und nun gehen Sie man nach Hause, denn Ruhe haben Sie gehabt, und Sie haben noch weit zu gehen. Ich kenn den alten Weg ganz genau – dazumalen wars noch kein Schassee, aber passieren tat da mehr auf als nu, da können Sie gewiss sein!

Ich war aufgestanden, und der gelbe Hund sprang wieder schwanzwedelnd an mir in die Höhe. Perle mag Ihnen leiden, sagte der Alte. Daran kann man merken, dass Sie nich ganz slecht sind; denn for die Slechtigkeit is er nich. Na, wenn Sie hier mal wieder längs gehen, denn können Sie ganz gern ein büschen auf mein Bank ausruhen. Kaputt is sie doch schon!

Damit endete mein erstes Zusammentreffen mit Detlev Marksen. Aber es war nicht mein letztes. Ich habe manch liebes Mal auf der alten Bank gesessen und mit dem Alten geplaudert. Er konnte noch sehr vernünftig sprechen, trotz seiner Jahre, und er hat mir mancherlei erzählt. Nur wenn der Mond am Himmel stand, wurde er unruhig, und dann erging er sich in den schwärzesten Anschuldigungen gegen diesen Weltkörper, der uns andern Sterblichen doch gar nicht so unangenehm ist.

Eines Tages aber erzählte er mir auch, weshalb. Ich war eingeregnet bei ihm, und zum ersten Male hatte ich die Schwelle seines Hauses überschritten. Es war ein dunkles Zimmerchen mit kleinen, trüben Scheiben, in das mich der Alte hineinführte. Es stand wenig Gerät darin, nur etliche Holzbänke und am Fenster ein Stuhl mit hoher Lehne, vor dem sich mühsam ein Tischchen auf drei Beinen hielt. Detlev Marksen nötigte mich auf den Fensterplatz, er selbst setzte sich auf eine der Holzbänke, und Perle legte sich ihm zu Füßen. Das Wetter draußen war ganz trostlos geworden, an die blinden Scheiben schlug der Regen, und es beschlich mich die trübe Ahnung, dass ich eine Zeit lang in dem dumpfigen, kleinen Stübchen würde aushalten müssen, wenn ich nicht ganz durchnässt nach Hause kommen wollte. Da seufzte ich denn und sprach wohl mehrere Mal das Wort »langweilig« vor mich hin.

Langweilig! Sagte Detlev, bedächtig seine Knie reibend; ja langweilig is vielens auf die Welt. Meinen Herrn haben die andern Menschens auch ümmer langweilig genannt. Bloß weil er nich sprach und keine Geschichtens verzählen mochte. Und er selbst fand auch allens langweilig; und darum is er auch der langweilige Kammerherr genannt worden. Aber ein guten Mann is er darum doch gewesen, und ich kann mir bannig auf den Augenblick freuen, wo ich ihm wieder zu sehen krieg. Bloß dass ich die Angst hab, er könnt sich im Himmel auch langweilen, weil er da so Anlage zu hatte. Ehestens is das nu nich gewesen, als er jung und lustig war, und die Franzosens noch nich hier herum ramenteten.

Der Alte hielt mit Sprechen inne und sah starr in den Regen, bis er, wie aus tiefen Gedanken erwachend, seine Augen auf mich heftete. Sehn Sie man nich so traurig aus! sagte er gutmütig. Sie sind noch zu jung fürs Langweilen, und ein büschen Regen is nich slimm. Viel slimmer is, wenn der Mond scheint und ich immer an allens denken muss, was damalen passierte, damalen, als die Franzosens hier auf einmal in die Gegend waren. Da haben Sie woll nie was von gehört, dass die mal ne Revolutschon hatten, was son allgemeine Koppabslägerei is. Sogar den König slugen sie tot, und was die vornehmen Herrens waren, die so was nich mochten, die kratzten aus. So sind denn damalen ein ganzen Berg feine Herrschaften nach unser Holstein gekommen, die sich von all den Spektakel in 'n Franzosenland ein büschen verpusten wollten. Das konnten sie denn auch: denn hier ging allens manierlich zu, und an Koppabslagen dacht kein Mensch. Du liebe Zeit, ich hätt mein Kammerjunker auch den Kopp nich abslagen können, mit den besten Willen nich. Son lustigen Herrn wie das war! Der alte Herzog konnte ja leicht doll werden, aber bös bin ich ihn auch nie gewesen. Was das fürn Herzog war? Der wohnte in Eutin, und mein Herr war ein von seine Junkers. Da nannten sie ihm noch nich den langweiligen Kammerherrn; denn er war bloß Kammerjunker, und die Langweiligkeit kannte er auch nich von Hörensagen, das is ganz gewiss. Ein von die vergnügtesten Junkern war er, die ich in mein Leben gesehen habe, und deshalb mochte ich ihm auch so gern leiden. Und die Franzosens hatten ihm auch gern. Ich glaub nu eigentlich nich, dass unser Herzog in Eutin die französischen Herrschaften eingeladen hatt – da weiß ich wenigstens nix von, abers ich glaub es auch nich. Die Grafens und Herzöge sind von selbst gekommen: erst waren sie in Plön und an den Plöner See, und mit einmal wohnten sie auch in Eutin und brachten viel Spektakel und Vergnügen mit. Das war was für meinen Kammerjunker, kann ich Sie sagen! Der war nich umsonst jung und hübsch und slank von Gliedern, den prickelte die Lebenslust bis in die Fingerspitzens, und er machte den ganzen Tag ein so lustiges Gesicht, als wenn er in Winter und Sommer jeden Morgen ne frische Rose von 'n Busch abpflücken konnte, wo gar keine Dornens an waren. Er war auch nich in Holstein geboren, wo die Leute manchmal ein büschen ernsthaft sind; er kam von hinter die Elbe her, da wo die Berge stehen und veritabeln Wein aufn freien Felde wachsen soll. Ob das wahr is, kann ich nich sagen; das weiß ich abers: Mein Junker sein Vater war kein reichen Mann, wenn er selbstens auch Wein trinken konnte wie Wasser, und unser Geldbeutel hat jeden Tag in Jahr die leibhaftige Swindsucht gehabt. Und gar kein Geld zu haben, das is fürn Junker ein furchtbar unangenehmes Gefühl. Das waren damals sehr slechte Zeiten. Einer von die Franzosens, der in Frankreich was zu sagen hatte, der hieß Napolium, und der hatte viele Adligens und vornehme Herrens aus dem Lande gejagt und mochte nich, dass die deutschen Fürstens diese Verjagten aufnahmen. Ich glaub beinahe, dass er auch an unsern Eutiner Herzog so was geschrieben hat, genau kann ich es abers nich sagen. Denn ich war ja man ein Reitknecht, und wenn ich auch mit mein Kammerjunker ganz natürlich sprach, so hat mich doch der Herzog niemals was verzählt. Abers er hat doch oft ein verdrießliches Gesicht gemacht über die vielen Franzosens, die mit einmal in Eutin waren und nicht wieder fortgingen. Sie kosteten auch ein Berg Geld, und wer anders als unser Herzog konnte ihnen was geben? Abers weil er selbst nich viel hatte, so konnte er ihnen man bloß was geben, wenn er seine Junkers ein büschen knapp hielt, und so kam es, dass mein jungen Herrn sein Geldbeutel noch leerer war als sonstens.

Die Franzosens nahmen allens, was sie kriegen konnten; sie sagten man bloß Merssi, und denn meinten sie was Großes getan zu haben. Am slimmsten war son alter Kerl, der das ganze Gesicht voll Falten und ein paar blanke swarze Augen hatt. Die andern nannten ihn den Herrn Vikomt, und er saß oft bei mein Junker auf sein Zimmer ins Schloss zu Eutin, weil, wie er sagte, mein Herr ein Vetter von ihn wär. Ich konnt mich das nu nich denken, wie kann ein deutschen Herrn nen Vetter im Franzenland haben? Sie fragten mir abers gar nich, was ich glaubte. Sie waren ümmerlos zusammen und snackten, und pöhundpöh kam ich denn auch dahinter, was meinen Junker so bekannt machte mit den alten verdrehten Narren. Dieser Vikomt hatt ein Tochter, und ihr mocht mein Herr leiden, und als ich ihr das erstemal sah, da wusst ich all Bescheid. Denn ich kannt den Gesmack von mein Junker. Nüdlich und fein war sie, mit n klein süßen Stimme und gnitterswarzen Augen. Das Jahr vorher, da hatt mein Junker auch son kleine Deern furchtbar gern leiden mögen, und die sah beinah akkrat so aus wie die von vorigen Sommer. Die von vorigen Sommer war mit einmal fortgekommen von Eutin, und mein Herr hatte sich bannig angestellt bein Abschiednehmen und konnt sich ein paar Tage gar nicht veramüsieren. Da freut ich mir denn, wie ich die kleine fremde Komtess zu Gesicht krieg, weil nu mein Junker wieder ein Spaß hatt. Denn bei die Liebe is die Hauptsache, dass man Veränderung hat, und ich kann nich anders sagen, als dass mein Herr davon genug bekam, denn die Franzosens stellten unser klein Stadt ganz aufn Kopp. Ein Hophei folgte den andern, und mein Junker klabasterte den ganzen Tag mit die Fremdens herum und snackte französisch mit sie, was ich gar nicht ordentlich verstehen konnte.

Diese Art mocht ich nu nich besonders leiden, und da war auch noch mehr, was mich ärgerte. Die kleine Komtess war slecht in Zeug und ließ sich allens von mein Junker schenken, und ihr Vater wollte ümmerlos Geld geliehen haben, auch von mein Junker, und der hatt doch rein gar nix. Denn ich hab schon verzählt, dass der Herzog die Gehälter von seine Hofleute hatt kleiner machen müssen, weil dass er soviel an die Franzosens abgab, und mein Herr kriegte auch noch alle paar Wochens ein Brief von sein Vater, er sollte ihm doch nich vergessen und ihn ein büschen von sein Salähr abgeben, weil dass er so viel Kinder hätt und partuh Geld gebrauchen täte. Mein Kammerjunker abers, der hatt all lang

Schuldens und bezahlte Sneider und Schuster man knappemang. Nu fing er auch an, ein paar Bärens anzubinden bein Gärtner, bein Kaufmann, wo die feinen Kleiders zu haben sind, bein Goldsmied, wo man Savjettenringe und Halskettens für die Damens kaufen konnt. Früher hatt er an solche Leute nich in Traum gedacht – nu wollte abers die Komtess was geschenkt haben und kuckte den Junker so an mit ihre blanken Augens, dass er allens kaufte, was sie leiden mochte. Ein klein büschen Schulden, da fragt kein vornehmen Herrn nach. Wenn die abers immer doller werden, denn is das nich nett, und ich konnt es den Goldsmied gar nich verdenken, dass er falsch wurde.

Das war an 'n Abend im Maimonat, und ich hatt einen ganzen Strauß Maililjen an die Komtess bringen müssen. Sie steckt ihr klein Gesicht tief in die Blumens, als wenn sie da was ein suchte, und denn zuckte sie ein büschen mit die Schulterns. Ich ärgerte mir; denn ich wusst, dass sie zu mein Junker gesagt hat, sie sehne sich so nach die roten Krallens, die beim Goldsmied im Fenster lagen. Und fünfmal hatt ich all zu den alten ekligen Mann laufen und ihm fragen müssen, ob er nich noch einmal ein klein büschen Kredit geben und meinen Herrn das Halsband lassen wollt. Der Alte abers smiss mir beinah aus die Tür und sagte dabei so viel Böses, dass ich mir ärgerte und auch grob wurde. Denn als ein herrschaftlichen Diener hatt ich nich nötig, mich was gefallen zu lassen. Das war aber allens noch nich genug: Als ich die Blumens zu die Komtess gebracht hatt und nu auf die Straße geh, da begegnet mich der Goldsmied noch einmal und sagt, ich hätt mir slecht gegen ihm benommen, und er wollt mir an den Herzog verklagen, weil ich grob gewesen wär. Und sagen wollt er auch noch, dass mein Junker auf slimmen Weg wär und bald wohl von Eutin weg müsst. Ich wurd natürlich falsch, wie er sowas sagt, und wir haben uns auf die Straße tüchtig die Wahrheit gesagt, bis mir mit einmal ein andre Person an den Arm kriegt und meint, ich soll man mit ihn gehen und den Goldsmied snacken lassen. Und wie ich mir denn nach diesen Freund umkucke, so is das ein Herr aus Hamburg, heißt Rosenstein und scheint ein ganz gebildeten Mann zu sein!

Detlev Marksen hielt inne mit Sprechen und starrte durch die blinden Scheiben.

Was das fürn Wetter is! sagte er nach einer Weile. Und noch dazu in Sommermonat! Ich hab das all ümmer gesagt, son schönes Wetter wie früher gibt es gar nicht mehr. Das kommt, weil allens schlechter wird in die Welt. Na, ich geh da ja nu bald aus fort, und da freu ich mir auf. Denn wenn ich auch zu leben hab und Perle ein gutes Tier is, so is mich das Leben doch nich so pläsierlich mehr wie früher.

Er schwieg wieder und seufzte etwas. Dann sah er mich mit seinen scharfen Augen an. Sie langweilen sich wohl gräsig bei mich? Das tut mich leid; denn ich mag nich, wenn die Jungens schon ernsthafte Gesichters machen. Da is in Alter Zeit genug zu – nich, Perle? Lieg man still, klein Hund, und lass mir noch ein büschen snacken und an die alten Geschichtens denken, wo ich ein jungen, frischen Kerl war und mir aus den leibhaftigen Deuwel nix machte. So bin ich auch mit diesen Rosenstein in ein Weinstube gegangen und hab mit ihn getrunken, obgleich er auch ein Deuwel war, bloß dass ich es nich merkte. Von außen hätt es auch kein Pastor merken können, und vielleicht auch nicht der Supperndent, der doch von allens Bescheid weiß. Denn Rosenstein war ein höllschen netten Kerl und hat mit mich nur von die feinsten Sachen gesprochen. Von mein Herrn, und wie ein so smucken jungen Mann doch mit das leidige Geld keine Swulitäten haben dürft; wie ihn das ümmer so leid tät, wenn sich feine Herrens nich allens kaufen könnten, was sie nötig hätten, und ob er mich woll ein Taler schenken dürft. Da gab ich denn mein Erlaubnis zu, und wie er fragt, ob er mein Herrn woll sein Aufwartung machen könnt, da sag ich natürlicheweise ja.

Ich will auch nicht viel von euerm Junker! sagt Herr Rosenstein und nimmt ein Sluck Wein. Bloß dass ich ihm einen kleinen Verdienst gönnen möchte. Ich schreibe nämlich eine Zeitung in Hamburg, eine Zeitung für die Franzosen, die überall verstreut leben. Und nun frage ich verschiedne Herren, ob sie mir nicht Briefe schreiben wollen, in denen etwas über die Franzosen steht. Nicht wahr, hier leben doch auch Franzosen?

Lieber Gott, ja! sag ich, Franzosens mehr, als wir brauchen können!

Herr Rosenstein nickt, und dann redet er noch ne ganze lange Zeit. Er war ein feinen Mann und hatte feine Wörters, wie ich ihnen nich kenne und nich nachsprechen kann; abers dumm bin ich niemalen gewesen, und was der Mann aus Hamburg wollte, hatt ich bald begriffen. Die Hamburgers sind reiche Leute, und sie geben mannichmal Geld aus für Dingens, an die kein ander Mensch denken tut, bloß natürlicheweise, um ihr Talers los zu werden. So war es auch mit diesen Mann, der wollt ein paar Briefens geschrieben haben, und da sollte einstehen, was die Franzosens in Eutin und Plön täten, und wie sie hießen, und was sie vorhätten, weiter ganz und gar nix. Und für so dumme Briefens wollte Herr Rosenstein ein ganzen Berg Geld geben, weil, wie er sagt, die Franzosens, die überall verstreut wären, von ihre Landsleute gern was hören wollten, und seine Zeitung von alle Leutens gekauft werden würd. Denken konnt ich mich das nu nich, denn wer mocht woll von die alten Parlewuhs hören, die so verdreht snackten, dass kein vernünftigen Mensch sie verstehen konnt? Aber sließlich konnt mich den ganzen Swindel ganz egal sein, wenn mein Junker bloß ein büschen Geld verdiente, denn der hatt keinen Schilling mehr auf die Naht, was auch for mir ein gräsiges Gefühl war.

So bin ich denn mit Herrn Rosenstein zu den Kammerjunker aufs herzogliche Sloss gegangen und hab die ganze Geschichte bald in Ordnung gebracht. Zuerst war mein Junker ein büschen verwundert und kuckte sich Herrn Rosenstein an und wusst nicht recht, was er sagen sollt. Abers dann dachte er, dass es doch leicht wär, ein paar Briefens zu schreiben und Geld dafür zu kriegen. Was sein Vater war, da hinter die Elbe, der hatt ihm all lang um Geld gequält, und dann fielen ihn die Gläubigers ein und das Krallenhalsband für die kleine Komtess. Und dann sagt er ja. Da hatt ihn dann Herr Rosenstein gleich auf Abslag ein paar Lujedors gegeben, und wie mein Junker das Geld sieht, da schiebt er mich ein Goldstück zu, und ich muss nach das Halsband laufen. Das ärgerte mir nu furchtbar. Son Unsinn kommt abers von die Liebe, und da kann kein Mensch was bei tun. Deshalb muss man von sie fortbleiben, bloß dass das nich jedermann sein Sache is. Mein Herrn sein Sache is das nich gewesen, und wenn ich auch die slimmsten Gläubigers von Rosenstein sein Geld bezahlt hab, so ist doch das meiste draufgegangen zu Geschenken für die kleine Komtess.

Detlev Marksen schwieg wieder und schüttelte den Kopf. Dann zuckte er die magern Schulter und streichelte seinen Hund, der sich ganz dicht an ihn gedrängt hatte.

Ärgern hilft nu nix mehr, fuhr er fort, sonsten könnt ich mir den ganzen Tag ärgern. Dazumalen wollt ich nich ümmerlos an die Dummheit von mein Junker denken, sondern ihn ein büschen helfen, damit er doch Briefe schrieb, wo was Ordentliches einstand über die Franzosens, damit er Geld verdienen tät. Und so machte ich mir an ein Franzosen heran, dass er mich ein büschen verzählte. Der hieß Piähr und war ein ziemlich alten Mann, der ein büschen deutsch snacken konnt, weil dass er von die Ecke kam, wo die Deutschens und die Franzosens ganz dicht zusammenwohnen. Das muss auch so über die Elbe sein. Piähr sein Herrschaft war ein alten Herzog, der in diesen Momang erst nach Eutin kam und ne ganz feine Wohnung hatte. Dieser Herzog gehörte nich zu die ganz pohwern Franzofens, die tanzen lehrten und partuh französche Stunde geben wollten. Er war ein feinen alten Mann mit großen Augens und ein Perücke. Mir kuckte er natürlicheweise niemalen an, weil dass ich man bloß ein ganz gewöhnlichen Diener war; und selbst mit mein Junker sprach er nich, und auch mit die andern

Herrns vom Hofe mochte er nich zu tun haben. Bloß unser Herzog und die Prinzens, die ließ er sich so knappemang gefallen, und unsre Durchlaucht war so gnädig gegen ihm, dass ich mir ärgerte. Die andern Franzosens, die dienerten und knicksten, wenn sie man bloß ein Rockslippen von den alten Mann sahen; auch die klein Komtess und ihr Vater, der jetzt den ganzen Tag mit mein Junker zusammen war und sich freihalten ließ. Um diese Zeit war die klein Komtess mit meinen Kammerjunker verlobt – wenigstens nenn ich das so, wenn man Hand in Hand sitzt und sich ümmerlos küsst – ümmerlos und ümmerlos, was den Brautstand doch hellschen swer machen muss.

Na, vor meinswegen konnten die jungen Herrschaften tun, wo sie Lust zu hatten. Ich saß nu alle Tage mit Piähr zusammen und snackte mit ihm. Wo is dein Herzog so stolz auf? fragte ich ihm einmal.

Da macht er ein wichtiges Gesicht. Oh, sagt er, er is furchtbar vornehm! so vornehm, dass er bei Hofe ümmer ein von die ersten war, die den König beim Aufstehn sein Hemd geben konnten!

Du gerechter Heiland, sag ich, mit son Ehr bleib mich von Leibe! Da würd ich mich rein gar nix aus machen.

Da verstehst du nix von, sagt Piähr und kuckt mir böse an. Keiner von die dummen Deutschens versteht was von das Allerfeinste bein französischen Hof!

Is das so? mein ich und fühl, wie ich falsch werd. Was kommt ihr feinen Franzosens denn überhaupt zu uns, wenn ihr es bei euch zu Hause viel feiner habt? Mich wärs viel lieber gewesen, ihr hättet euch alle mitsammen in euern feinen Land den Kopp abhacken lassen; dann hätt mein Kammerjunker nich so viel Raupen in Kopp gekriegt.

Piähr, der auf deutsch Peter hieß und auch ein ganz guten Kerl war, suchte mir wieder zurechtzusnacken. Sei man nich gleich so doll, Detlev! Ich kann da nix vor, dass allens so komisch kam, und wenn es nach meinen Herzog gegangen wär, dann säßen wir auch nicht in Eutin, was ne langweilige kleine Stadt is. Am liebsten wären wir in Ungarnland geblieben, wo mein Herzog ein Vetter hat; abers er wollt so gern seinen einzigen Sohn sehen, der mit einmal hierherkommt. Son Mann, wenn er auch vornehm is, so hat er doch Gefühl, und der junge Herzog is noch dazu man knappemang von die Jakobiners weggelaufen, die ihm schon an Schlafittchen hatten!

Und Piähr, der ein Schrecken gekriegt hat, weil dass ich böse wurde, erzählt ein ganzen Berg, und weil ich daran dacht, dass mein Junker bald wieder ein Brief an Rosenstein schreiben musst, so hör ich genau zu. Ich konnt ja vielleicht was aufsnappen, was nett zu schreiben war.

Der Herzog hat also furchtbar viel Slösser in Frankreich und auch viel Silberzeug und Kisten voll Geld. Fort musst er abers doch aus sein' Vaterland, weil er so gut bekannt mitn König gewesen war. Und was sein Sohn war, der noch gar nich mal verkonfermiert gewesen war, der hatt mit sein Hofmeister in Nacht und Nebel nach Engelland fliehen müssen, ohne sein Vater Adjö zu sagen. In Engelland hatt es der junge Herzog ganz gut, und kein Mensch tat ihn was; abers was die jungen Leute sind, die kriegen doch alle Snurren in Kopp. Kaum is der junge Herr ein büschen trocken hinter die Ohrens geworden, da mag er nich mehr bei die Engelländers sein und geht dahin, wo sein Königsfamilie in die Verbannung lebte. Denn nich all die Prinzens und Prinzessinnen waren tot, nur ein paar; die andern hatten sich Frankreich mitn Rücken angesehen und lebten anderswo. Und dieser junge Mann reiste die Herrschaftens nach, und allens, was er vom Vater kriegt, das gibt er an sie. Mit den Talers wars abers noch nich halb gut; verlieben musst er sich auch und in eine von die allervornehmsten Prinzessinnen, was natürlicheweise ein Unsinn war. Abers der junge Herzog hatt noch mehr Dummzeug gemacht, nämlich eine Verswörung gegen Napolium, und der war fuchswild auf ihm geworden und hatt nen Preis auf sein Kopp gesetzt. Ja, sowas kam dazumal vor, und keiner fand was Besonders drin; bloß dass der junge Herzog noch dümmer wurde und nach Deutschland kam. Piähr sagte, er sollte eigentlich in Russland oder Sweden sein; nu abers wollte er partuh nach Plön kommen und bloß, weil seine Prinzessin auch erwartet wurde. Was die nu in unser kleines Holstein wollte, da bin ich nich hinter gekommen: ich denk mich, dass sie sich mit ihre Onkels verzürnt hatte. Jedenfalls is sie in die Umgegend von Plön aufn Gut gewesen, und der junge Herzog hat auch kommen wollen; um ihr zu sehen.

So hat mich Piähr erzählt und denn noch gesagt, dass sich die beiden jungen Herrschaftens ein oder zwei Jahr nich gesehn hätten, und dass sie es nu vor Sehnsucht nich mehr aushalten könnten, was mir ziemlich gewundert hat. Denn wenn ich ein klein nüdliche Deern von

Maitag bis Michelis nich sehe, dann weiß ich doch warraftigen Gott nich mehr, was sie vorn Gesicht hat, und ich kann mir mit den besten Willen keinen Momang nach ihr sehnen. Piähr sagte abers, bei den Vornehmens war das anders. Die hätten ümmerlos die Liebe im Kopp, und das feinste wär es, dieselbige Dame ne ganze Zeit lang zu lieben, auch wenn man ihr gar nicht sähe. Na, und dann verzählte er mich, dass der alte Herzog man bloß deshalb nach Eutin gekommen wär, um sein Sohn und die Prinzessin zu besuchen, sonsten hätt er viel sicherer in Ungarland bleiben können, das ja ganz dicht bei Italien liegt. Das war nu ganz gewiss besser gewesen; abers er wollt sein Jungen sehen, der nu groß und stattlich geworden war und ein ganzen feinen Kerl, wie Piähr sagte. Er konnt überhaupt gar nich aufhören, von den jungen Herzog zu sprechen, der son klein süßen Jungen gewesen war, und dass der Alte auch ein ganz ordentlichen Krakter hätt.

Ich muss nu sagen, dass mir die ganze Geschichte hellschen langweilte; zuhören tat ich abers doch, weil ich an den Brief nach Hamburg dachte. Und wie ich nahstens zu mein Herrn retuhr kam, wusste der bald, was er an Rosenstein schreiben sollt: von die französche Prinzessin, die in Holstein war, und von den jungen Herzog, der ihr so lieb hatt und darum auch kommen wollt.

Mein Kammerjunker hört mich auch ganz aufmerksam zu und spielt mit den Deckel von sein Geldkasten. Klein war das Ding und doch ümmer leer. Wenn abers der Vikomt nich gewesen wär, den mein Herr ein neuen Anzug hatt machen lassen, denn hätt da noch was ein sein müssen. Das wusst ich ganz genau und ärgerte mir ein büschen, swieg abers über die Geschichte. Bloß dass ich nahstens ganz verloren for mir hinsagte, dass es doch slimm wär, wenn jemand den Vater von ein klein nüdliche Deern partuh nix abslagen könnt. Mein Herr lacht ein büschen und wird rot, und denn fragt er mir noch einmal nach die französche Prinzessin und nach den jungen Herzog, und denn schreibt er nen langen Brief an Rosenstein.

Kein vierzehn Tage hats gedauert, da kriegt er von Hamburg nen ganzen Berg Geld geschickt, und Herr Rosenstein schreibt, der Brief hätte ihm furchtbar gefreut, und der Junker sollt man immer mehr Nachrichten von die Franzosens schicken. Da war mein Kammerjunker denn obenauf, schenkte an die kleine Komtess zwei Kleiders und ein feines Armband, und die Herrschaften aufn Sloss snackten alle davon, dass es nu bald Hochzeit geben müsst. Detlev Marksen hatte zuletzt sehr schnell gesprochen. Jetzt schwieg er plötzlich und sah mich ernsthaft an. Sie haben woll kein Geduld, mich zuzuhören – nich? Na, nu müssen Sie aber zu Ende bei mich aushalten, denn es regnet noch ümmer. Vielleicht, dass es heute gar nich wieder aufhört! Der Mond kommt aber nachher! rief ich, etwas bestürzt.

Der Alte zuckte zusammen. Haben Sie auch was mitn Mond vor? Ich kann ihm nich leiden, und wenn ich ihm anseh, wird mich ümmer ganz swiemelig zumute. Da hab ich auch Grund zu, kann ich Sie sagen. Und was der Frühling is, an den kann ich auch nix finden. Ich weiß woll, die feinen Herrschaftens, die gehen dann aufs Land spazieren, riechen an Blumens und fangen an zu swögen, wenn sie ein paar Vögelns singen hören. Mein

47

Kammerjunker war auch so ein, der in Graben stieg und sich ein paar ganz gemeine Vergissmeinnich pflücken konnt. Die gab er dann an die Komteß und seufzt dabei, was mir ärgerte, denn ich mocht ihr ümmer weniger leiden. Jeden Tag wollt sie ein Geschenk haben, und wenn sie das nich kriegte, denn weinte sie und sagte, mein Junker hätt kein Ahnung von die wahre Liebe. Und er tat nix anders als sie lieben!

Da freute es mir denn nich wenig, als mein Junker mit einmal verreisen sollt. Aufn Sloss in Plön war auch ein Herzog aus die Oldenburgische Familje, und der bat mein Kammerjunker, ein büschen hinzukommen. Ein von seine Hofherrens war gerade krank geworden, und weil er Besuch hatt und Gesellschaften geben wollt, da meinte er, er käm in Verlegenheit, wenn er nich noch ein Junker kriegte. Mein Herr hatt nich viel Lust zu die Tuhr, weil dass er nich von die Komtess fort wollte; abers sein Herzog schickte ihm nach Plön, und er wusst ja auch, dass er bald wiederkommen könnte.

Da sind wir denn nach den Plöner Sloss geritten, und mich war die ganze Geschichte sehr angenehm. Denn ich langweilte mir in Eutin bei diese ewige Liebe, und Piähr war auch schon ein paar Tage fort und hatt mich nich einmal Adjö gesagt. In Plön nahmen wir Loschi im Hirsch, was dazumalen ein sehr feines Gasthaus war, und denn meldeten wir uns aufn Sloß. Der Herzog Peter Friedrich von Oldenburg wohnte all lange da. Er war ein büschen swach von Verstand, was bei einen Herzog aber nix tut, und viele Herren von Adel lebten bei ihm und hatten gute Tage. Auch die Franzosens, die in die Stadt wohnten, kamen viel zu die Plöner Herrschaftens, und da war viel Vergnügen und Amüsemang.

In ganzen hab ich Eutin lieber als Plön, weil ich die Stadt besser kenne, den Slossgarten von Plön mag ich abers lieber leiden. Da sind viel größere Bäume ein, und der Plöner See ist auch nich hässlich. Auf den sah man ümmer, wenn man in den Park spazieren ging, und zwischen die versnittenen Heckens standen Figurens von Stein. Ein büschen nackicht sind sie mich woll vorgekommen; aber aus so was machen sich ja die Vornehmens nix.

Als wir diesen Sommertag in den Sloßgarten kamen – ich ging hinter meinen Junker her –, da war eine große Gesellschaft versammelt. Auf ein Platz nahe bei das Gehölz, das sie den Nübel nennen, da steht ein ganzen Berg Bäume, lingelang gepflanzt, dass man zwischen sie Stücke Zeug oder so was ähnliches hängen kann. Die nennt man Klissens, und die Dingers braucht man zun Theaterspielen. Hier, in diesen Momang, wo wir kamen, wurd denn auch Komedi gespielt, von Damens in kurzen Kleidern und von Herrens in bunten Röcken. Auch ein paar Lämmers liefen da mit mang, und auf den besten Platz bei die Zuschauers saß Herzog Peter Friedrich und strickte Strümpfe. Das war seine liebste Arbeit, und da kann ja auch kein Mensch was gegen sagen.

Weil nu all die Herrschaftens doch was zu essen haben sollten, sagt mein Junker zu mich, ich sollt mir an den herzoglichen Kammerdiener wenden, ob ich nich ein büschen bei die Aufwartung mit helfen könnte. Das tu ich denn und sehe, dass mein Freund Piähr mit einmal auch da is, mitn Limmernadenbrett rumläuft und mich ganz verstohlen zuwinkt. Als ich nahstens ein Packen Teller an ihn vorbeitrag, stößt er mir leise an und sagt: Mein jungen Herzog is hier, und die Prinzessin auch!

Ich hätt beinah all das Geschirr fallen lassen, so verfiehrte ich mir, und denn ärgerte ich mir noch obendrein. Denn heut morgen noch hatt mein Kammerjunker an Rosenstein in Hamburg geschrieben, er sollt ihn Geld in voraus schicken, weil dass er wieder nix hatte. Wenn er nu gewusst hätt, dass die französche Prinzessin und ihr Bräutigam hier wären, so würd er ja Geld genug for diese Nachricht gekriegt haben. Vielleicht konnt er nu noch einmal schreiben!

Ich überlege mich das gerade und verteile inzwischen die Tellers an die Herrschaftens, da sehe ich mit einmal ein slankes junges Mädchen. Sie geht durch die Reihens von die Gesellschaft und spricht mit jedereinen. Groß war sie weiter nich, hat ein simples weißes Kleid an und nich mal Puder auf ihre blonden Haarens. Nach was besondern sah sie gar nich aus. Als sie mir aber so ein büschen ankuckt, da krieg ich das Fliegen in die Gliedders und muss drektemang stillestehn. Neben, sie geht ein jungen Mann. Der is groß und breit und hat ein gutes Gesicht. Beide snacken französisch mit die andern Herrschaften und lachen und machen Konversatschon, gerade so wie die andern, und doch sind sie anders – ganz und gar anders. Das war grad, als wenn die zwei Menschen aufn ganz hohen Berg stünden, und die andern könnten nich mal ordentlich in die Höchte kucken.

Den Tag hab ich man slecht aufgewartet, denn ich mocht die französche Prinzessin so gern ansehen. Natürlich nur aus die Ferne, weil ich gleich das Fliegen in die

Hände kriegte, wenn sie mich nahe kam. Und sie war nich mal stolz. Wie sie von mein Teebrett ein Glas Limmernade nahm, sagt sie ordentlich »danke« auf deutsch und slägt die Augens ganz freundlich zu mich auf, wo doch sonstens die Franzosens für uns Bedientens kein gutes Wort hatten. Ich freute mir denn, weil sie ganz andre Augen hatt als die kleine Komtess. Keine swarze: nein, dunkelblau waren sie, und durch die Bäumens schien gerade die Sonne auf ihr weißes Gesicht. Ich musste an das Bild von den Engel denken, das in Eutin in die Slosskapelle hängt.

Mein Junker durfte warraftigen Gott mit die Prinzessin snacken! Piähr sein jungen Herzog kriegt ihn bei die Schulter und sagt sein Namen. Da gibt das Fräulein ihn die Hand, lacht ein büschen, wobei ich seh, dass sie ein süßen kleinen Mund hat, und denn spricht sie ganz lange mit mein Herrn. Er wird bald blass, bald rot, und ob er doch französch parlieren kann, so fängt er an zu stottern und kann nich weiter. Da fängt die Prinzessin an mit ihn deutsch zu sprechen – ganz langsam und deutlich, und ich kann verstehen, was sie sagt. Dass sie noch ein büschen in Holstein bleiben und mit den Herzog zusammen sein will, wenn man bloß Napolium da nix von merkt, da er doch sehr böse auf ihren Bräutigam is, und dass sie hofft, er wird es nich zu wissen kriegen, dass der junge Herr nu auch hier is.

Mein Junker legt denn die Hand aufs Herz und stottert, dass ihr Bräutigam sicher sein soll vor allen Feinden, wenigsten was er dazu tun kann. Er sah ein büschen aufgeregt aus, sodass ich mir wunderte; die Prinzessin merkte abers natürlicheweise nich das geringste und war sehr gnädig mit ihn. So war sie freundlich mit alle holsteinischen Herrens und Damens und bat alle, sie sollten doch nich verraten, dass sie in Plön war mit ihren Verlobten. Und alle haben gesagt, sie wollten Gut und Ehre für ihr hingeben, was ein jeder auch meinte. Denn wer konnte das Fräulein sehen und ihr nich gleich lieb haben?

Na, nahstens is denn wieder Komedi gespielt worden. Ein paar französche Herrschaftens jachterten mitn Dutzend Lämmern zwischen die Klissens herum und sagten Versens auf. Das war gräsig langweilig, und ich sagt zu Piähr, die Lämmers sollten doch man geslachtet werden, damit ein büschen Leben in das alte Stück kam. Er abers sagte, das wäre keine Mode, und so is das Viehzeug wieder in den Stall gebracht worden, als die Gesellschaft zu Ende war. Denselbigten Abend habe ich meinen Junker sehr verändert gefunden, er hat kein Wort mit mich gesnackt, was er sonstens doch immer tat, und is ganz komisch gewesen. Sonstens hat er ein klein Porträt von die Komtess vor sein Bett gelegt und noch einmal geküsst, diesen Abend kam es mich vor, als dachte er gar nich an ihr. Mich war die Geschichte ja einerlei; abers ich fragte doch, ob ich nich das Bild ausn Mantelsack bringen sollt. Da nickte er denn auch, hat es abers nich einmal angesehn.Weil ich mich nu aus sein Benehmen kein Vers machen konnt, hab ich auch nich weiter drüber nachgedacht. Denn mein Vater sein Swester, was mein Tante war, die hat all ümmer gesagt, von Nachdenken kriegte man nix als Koppschmerzen, und das is auch wahr.

Den andern Morgen ging ich ein büschen in Plön spazieren. Ich hatt da ein Vetter, der war Slachter und wohnt aufn Strohberg, und ich wollt ihm gerade besuchen, da begegnet mich Herr Rosenstein. O herrjeh, Detlev, sagt er, wo kommt ihr denn her? und tat bannig verwundert, mir zu sehen, obgleich ich mir doch mehr verwundern konnte über ihm. Denn das is doch ein ganze Pottschon weiter von Hamburg nach Plön als von Eutin nach Plön. Weil er sich nu abers so gräsig freute, mir zu sehen, und mir auch gleich auf ne halbe Flasche Wein einlud, so dacht ich nich viel über sein Verwunderung nach und ging mit ihn in ein klein stille Weinstube. Da gab es einen prachtvollen Wein, wie ich ihm noch niemals gesmeckt hatt, und als nu Rosenstein von die französche Prinzessin snackt und sagt, dass er ihr so lieb hätt und ihren Bräutigam auch, und dass er die beiden Herrschaftens wohl beschützen möcht, dass ihnen nix passiert, da werd ich denn ganz gerührt. Und wie ich merk, dass Rosenstein noch gar nich genau weiß, wo das Brautpaar is, ob in Kiel oder in Rendsburg oder in Plön, da sag ich ihm natürlicheweise Bescheid: dass sie hier sind, und dass sie auch fürs erste bleiben, und dass wir alle auf ihnen passen sollen. Und Rosenstein freut sich ganz fürchterlich, dass die Herrschaften so gut aufgehoben sind, und gibt mich Geld für mein Junker, damit er noch einen Brief an ihn schreiben sollt, wenn da irgend was besonders los war, denn, sagt er, ich will den beiden herrlichen Menschen doch auch zu ihrem Glück verhelfen!

Das klang nu wirklich schön und wie ich von ihn fortging und so viel Wein getrunken hatt, dass ich ordentlich ein büschen swindlig war, da dacht ich noch, dass Rosenstein wirklich ein netten Mensehen wär. Das Geld gab ich an mein Kammerjunker, und er nahm es auch, abers bloß aus Gewohnheit, und weil er an nix dachte. Denn wie ich nu weiter von Rosenstein snacken will, sagt er, ich sollt stillsweigen, er wollt woll die Prinzessin ganz allein beschützen.

Mit jeden Tag ward nun mein Herr komischer, gerade so, als wenn er nicht so recht wach würd und ümmer in Slaf wär. Er aß ein büschen, er lachte und sprach mit die Herrschaftens, legt sich slafen und stand wieder auf, und doch kam er mich vor, als wenn er ümmer im Traum ging. Bloß wenn die Prinzessin in seine Nähe kam, denn wurd er helligt wach, und in sein Gesicht kam son Schein, als wenn er in den Himmel kuckte und den lieben Gott auf sein Thron sitzen sah.

Nu glaub ich auch allemal, dass da Zauberei beigewesen is. Denn er hatte doch die kleine Komtess, die so ganz nach sein Gesmack war, und was die Prinzessin war, die dachte gerade so viel an mein Junker als an die Vögelns, die in Frühling auf die Bäumens sitzen und singen. Sie war woll freundlich zu ihn wie gegen alle Menschen; sie liebte abers bloß ihren veritabeln Bräutigam, was doch auch so sein soll. Mein Herr abers, der war wie umgewandelt, und ich fragte mir jeden Tag: is ers, oder is ers nich? Wenn er konnte, denn lief er hinter die Prinzessin her; abers nich unbescheiden, sondern in weite Entfernung, und er kuckte ihr an, als wenn er sagen wollt: nimm mir mit. Nich als deinesgleichen, dafür bin ich viel zu slecht, bloß als deinen kleinen Hund; o lass mir bei dich bleiben und jag mir nich weg!

Während Detlev Marksen dies erzählte, hatte der Regen nachgelassen; nur hin und wieder schlug ein verirrter Tropfen an die kleinen Fensterscheiben, und unter dem grauen Gewölk zeigte sich ein Stückchen Himmel. Detlev saß ganz still und blickte auf den blauen Streifen. Dann wandte er sich zu mir.

Das war nu die Liebe! fuhr er fort und atmete schwer dabei. O Gott, was ne slimme Krankheit! Abers nich alle kriegen sie auf diese Art, und das is ein Glück; denn wo sollte sonstens die Kurasche zum Leben bleiben? Die meisten lieben so, wie der Junker vordem die kleine Komtess liebte, wo die Brautleute sich was schenken und sich küssen und vergnügt sind, abers sich trösten, wenn sie sich nicht kriegen. Das ist auch das beste, denn bei diese Geschichte war warraftig kein Vergnügen bei. Auch für mir nich, wo ich mir ümmer fragen musste, was daraus werden sollte. Mein Herr, der ward tagtäglich elender, und ich wusst nich, was ich dabei anfangen sollt. Die Prinzessin war so vergnügt mit ihren Bräutigam, die dacht an nix Böses, und der alte Herzog hatt sich auch ne Wohnung in Plön genommen und sah ordentlich jung aus vor Freude, seinen Sohn zu sehen. Die dachten alle natürlicheweise nur an sich und nich an den armen kleinen Junker, der für ihnen nix bedeutete. Bloß Rosenstein, der fragte doch noch nach meinen Herrn. Der Hamburger war nämlich die ganze Zeit in Plön, und ich könnt mich kein Vers auf machen, was er da eigentlich wollte: er sagt, er hätt Geschäftens, und wenn er mir sah, dann fragt er meistens nach den jungen Herzog, den er ganz besonders gern leiden mocht, wie er mich verzählte. Und er gab mich manchen Taler, weil ich ümmer so genau wusst, was der junge Herzog vorhatt.

Wie lange wir in Plön waren, das kann ich nu gar nich so genau sagen. So an drei Wochen wirds wohl gewesen sein – ich meint abers, das wären drei Monate, so langsam verging mich die Zeit. Da war viel los von wegen die vornehmen Franzosens. Konzert und Komedi, Lämmerspiel und Bootfahren aufn See. Mannichmal wusst ich gar nich, wo mich der Kopp stand, und Piähr wusste das auch nich, der ümmer hinter seinen jungen Herzog herlief und auch allens mitmachte, weil er so gut aufwarten konnt. Einmal erzählte er mich, dass sein junger Herr nu bald wieder fort müsste. Dann geht die Prinzessin auch weg, und allens Glück hat ein Ende! sagt er und wischt sich die Augens.

Ja, glücklich waren die zwei, das konnt man merken, und ich hätt ihnen auch allens Gute gewünscht, wenn ich mir nicht aufregen musste um meinen Herrn, der immer blasser ward. Die kleine Komtess ihr Porträt lag in die Ecke, er kuckte nie mehr danach, und er slief keine Nacht mehr. Das war nu wirklich schrecklich, und das einzige, was mir tröstete, das war, dass der ganze Swindel nu nich mehr lange dauern konnte. Wenn er die Prinzessin nich mehr in all ihre Schönheit vor Augen hatt, denn musste mein Junker doch auch wieder vernünftig werden.

Nu sollte da noch ein Abschiedsfest für den jungen Herzog sein. Kein Mensch durfte da eine Ahnung von haben, dass er fortginge, Piähr hatte mich das bloß verraten. Ich sagte es natürlicheweise auch nich weiter, bloß als ich mit einmal Herrn Rosenstein sah, sag ich ihn, dass der Herzog dieselbigte Nacht, wo das Fest zu Ende ging, abreisen wollt. Rosenstein war ein so gefälligen Mann, der mich so oft was geschenkt hatt, was sollt ich ihn nich auch ein büschen was verzählen?

Das Fest war richtig fein. Zuerst ein Wasserpattie aufn großen Plöner See, wo wir Dieners rudern sollten. Da war nämlich Mondenschein, und die Franzosens stellten sich immer ganz gräsig mitn Mond an, wenn sie ihn auch gar nich mal sein richtigen Namen gaben. Piähr sagte, dass sie ihm Line nannten, was ja ein Frauensname is. Na, das is denn einerlei. Die Wasserpattie fing an, als der Mond gerade in die Höchte am Himmel stieg. Alle die französchen und deutschen Herrschaftens setzen sich in die Bootens, wo bunte Laternens an waren, und gleich zu Anfang war viel Spektakel und Lachen.

Der alte Herzog Peter Friedrich war nich mit von die Pattie. Der war in sein Sloss und lauerte mitn Abendessen, bis dass alle wiederkämen, und mittlerweile strickte er an seinen Strumpf. Der alte französche Herzog abers, der saß mit sein Sohn und mit die Prinzessin in ein Boot, und Piähr ruderte ihnen. Das Boot war ordentlich fein gemalt. Ganzen himmelblau, und ein Flagge mit goldnen Liljen eingestickt war hinten eingesteckt; abers das Brautpaar sah doch traurig aus, sie saßen Hand in Hand, und sie taten mich leid. Ich hatt man gehört, dass die Onkels und Tanten von die Prinzessin noch nix von ne Hochzeit wissen wollten, nu war der Abschied natürlicheweise doppelt sauer.

Wie ich so leise übers Wasser fahr und die Riemen eintauch, musst ich an den Abschied von die beiden Herrschaftens denken, und es ward mich ganz warm ums

Herz. Abers auf meinen Herrn musste ich auch passen, der mit ein Berg andre vornehme Leute in meinen Kahn saß. Da waren hübsche Mädgens bei¹ mit swarzen Augens und weißen Zähnens; abers mein Junker kuckte nich einmal nach sie. Er sah ümmer nach das blaue Boot mit die goldnen Liljen in die Flagge, und ich ärgerte mir über sein blasses Gesicht und ruderte weit fort von die hohen Herrschaftens.

Nu fingen ein paar von die Jungen an zu singen, die Herrens sprützten die Damens mit Wasser, alle lachten, und da war viel Spaß. Es war ein prachtvolles Fest, meinten sie alle, bloß mein Junker sagte kein Wort.

Auf Kommando von einen von die Herrens ruderten wir nu nach die Seite von See, wo der Mondenschein nich hinkam, und wo es ganz kohlswarz dunkel war. Da sollten unsre bunten Laternens brennen. Aber da kam ein Windstoß und pustete die meisten aus, worüber alle Herrschaftens lachten und spektakelten. Nahsten kam es mich vor, als hörte ich son sonderbaren Schrei vom Slossgarten her, und mein Junker fuhr auch in die Höchte und kuckte sich um. Da abers zog ihn ein von die Damens wieder auf die Bank und lachte über ihn, weil dass er son schreckhafte Natur hätt. Die Herrens wurden dreist gegen die kleinen Fräuleins mit die swarzen Augens, und die lachten zu allens. Mich kam es vor, als könnt die ganze Gesellschaft ihr Lebtag nich wieder ausn Lachen kommen.

Es dauerte woll ne Stunde, und denn ruderten wir wieder ans Land. Ein Boot nach den andern legt an die Brücke, und ein paar Dieners stehen da mit Windlichtern. Da kommt der alte französche Herzog auf uns zugelaufen. Das Wasser läuft ihn an sein goldgestickten Samtrock hinunter, und er kann nich sprechen. Nur die Arme hebt er hoch, und denn stößt er einen Schrei aus, dass ich das Zittern krieg. Und die Herrschaftens woll auch; denn mit einmal lachen sie nich mehr und werden still, totenstill, bis ein paar anfangen zu beten und auf die Kniens zu fallen.

Ich hatt kaum Zeit, mir umzusehn und zu merken, dass das blaue Boot mit die Liljenflagge halb umgesmissen und leer ins flache Wasser lag, und dass viele Fußtritte in den Sand waren, da fasste mir mein Herr an den Hals. Er hatt woll dasselbigte gesehen wie ich, und nu zog er mir hinter sich her durch den dunkeln Wald, wo man kein Handbreit vor Augen sehen könnt, über die Plätzens, wo der Mond hell schien, und an all die weißen Puppens vorbei bis auf die Landstraße. Wie er in die Stockdusterheit so den Weg gefunden hat, das kann ich noch heutigentags nich begreifen; er fand ihn abers, und die andern Herrschaftens blieben stockstill am Wasserrand stehen und mochten kein Fuß vor den andern setzen. Mein Herr lief durch die Bäumens quer durch und noch ein Strecke auf die Ascheberger Landstraße, dann stand er mit einmal still und ließ mir los. Denn er hätte mir mitgesleift, ob ich wollt oder nich, und nu hatt er gefunden, was er suchte.

Detlev Marksen war aufgestanden und ging einige Mal im Zimmer auf und ab. Seine alten Glieder zitterten, und er musste sich wieder setzen, während er tonlos weitersprach:

Auf den Fahrweg, wo den halb verkrüppelten Baum und den weißen Prellstein steht, da saß die französche

Prinzessin auf die bloße Erde. Sie hielt den Kopp von den jungen Herzog in ihren Schoß, und sie küsst ihm auf den Mund, wohl viele mal, er aber konnt da nix mehr von merken. Denn er war tot, und sein Gesicht sah so stolz und zufrieden aus, als wenn er sagen wollt: Nu bin ich mit das Leben durch und mit allens, was ihr mir nicht gönnen wolltet. Nu hab ich Frieden, und ihr habt keinen! Vorn aus sein Spitzenbesatz kamen ein paar Blutstropfen, sonstens war ihn nix anzusehen, und ich musste daran denken, dass Napolium seine Leute gut mits Schießgewehr umgehen konnten. Denn die Leute von den Franzosenkaiser waren es gewesen, die den Herzog an die Bucht im Slossgarten aufgelauert, ihm bis hierher mitgesleppt und denn totgeschossen hatten. Ihm und auch Piähr, der bei seinen jungen Herrn lag und noch ein Degen in die Hand hielt.

Mein Kammerjunker und ich standen vor die Prinzessin, und der Mond warf sein silbrigen Schein auf ihr blasses Gesicht, auf den toten Herzog und auf uns alle. Das Fräulein hat noch gar nix gesagt. Mit einmal hebt sie die Hände ganz hoch und schreit auf deutsch: Fluch, dreimal Fluch dem Verräter! Und mit einmal seh ich, dass mein Herr umfallen will. Ich krieg ihm noch zu packen und geh mit ihn fort. Hinter uns her kam nämlich Dieners und auch ein paar Herrschaftens, und die Prinzessin war nicht mehr allein. Da bin ich denn ganz allmählich mit mein Kammerjunker die Landstraße nach die Stadt gegangen, und er is gegen jeden Baum angelaufen, als wenn er zu viel Wein getrunken hätt.

Mit einmal zieht er sein Degen und will sich totstechen, und wie ich ihn das spitze Ding wegnehme, schreit er auf und fällt hin mit die Stirn aufn Steinhaufen. Wie ein dunkeln Strom is das Blut ihn übers Gesicht gelaufen, und ich sammel mein Herrn auf und trage ihm nach Hause. Das war nich leicht, weil dass er ein stattlichen jungen Mann war, und was mich noch swerer wurde, das war der pralle Mondenschein. Hell ins Gesicht schien mich das Dings, und wenn ich ihm ankuckte, dann kam es mich vor, als wenn er über mir und meinen Junker lachte, und als wenn er sagte: Wunder dir man nich! So was is schon oft da gewesen! Aber ich wunderte mir doch, und von die Zeit bin ich allemal vergretzt, wenn ich den Mond ansehen muss.

Weiß Gott, die Landstraße wollte kein Ende nehmen, und die Stadt kam gar nich. Zu allerletzt abers hab ich doch mein Kammerjunker in sein Bett legen können. Besinnung hat er all lang nich mehr gehabt, und aus diesen Bett in den fremden Gasthof is er viele, viele Wochen nich herausgekommen. Er hatt ein ganz böses Loch in die Stirn, das gar nich heil werden wollt, und sonstens war er auch noch krank. Wochenlang lag er und sagt kein Wort, kein einziges Wort. Nur mannichmal, da hob er die Hände in die Höchte und sagte: Fluch, dreimal Fluch! Und dann deckt er die Fingers über die Augens und lag still, ganzen still.

In diese Zeit bin ich nich viel von sein Bett fortgegangen, abers ich hab doch gehört, dass der junge Herzog ganz heimlich im Sloßgarten begraben worden is, und dass sie Piähr neben ihm legten, obgleich das ja drektemang gegen den Respekt is. Sie dachten abers wohl, dass der liebe Gott die beiden doch voneinander kennen tat und ein jeden an seinen Platz setzen würd. Das würd mich nu auch sehr angenehm sein, weil dass ich Piähr im Himmel gern wiedersehen wollt, was ich natürlicheweise nich kann, wenn er mit einmal mang die vornehmen Herrschaftens is, wo für unsereins doch kein rechte Gemütlichkeit is.

Aufs Grab von die Franzosens sind Bäume gepflanzt worden, damit kein Mensch den Platz kennt – so hatt Herzog Peter Friedrich befohlen, weil dass er soviel Angst hatt vor Napolium. Ihn war die ganze Geschichte furchtbar fital, sagt sein Kammerdiener. Der alte Herr war fix ärgerlich, weil dass er, als das Unglück passierte, gerade bein Abzählen von die Hacke in sein Strumpf war und bei diese Arbeit keine Störung vertragen konnte. Seine Hofherrens mussten zu die Franzosens sagen, sie sollten man keinen Lärm um das kleine Mallöhr schlagen, wenn sie nich alle von Plön verbannt werden wollten. Peter Friedrich hätt kein Lust, von Napolium ein groben Brief zu slucken und noch mehr Verdrießlichkeitens zu haben. Und die französchen Herrschaftens hatten kein Lust, wieder in der Verbannung zu gehn, da hatten sie genug von gehabt. Sie swiegen ganzen still, und als der Plöner Herzog bald wieder ne Gesellschaft gab, um noch mal ne ungestörte Bootpattie zu machen, da waren sie alle wieder bei, und ich konnte ihnen von übers Wasser her lachen hören. Denn unser Gasthaus sah mit seinen Fenstern über den großen See hinüber. Ja, da konnten sie lachen, als wenn gar nix passiert war, als läg der junge Herzog nich unter die Bäumens begraben, und als hätt die französche Prinzessin nimmer auf die Landstraße gesessen mit den toten Mann neben sich.

Die Wolken hatten sich verzogen, und ein Strahl der scheidenden Sonne fiel in Detlev Marksens kleines Zimmer. Der Alte erhob sich schwerfällig.

Nu können Sie man nach Hause gehn, allens is wieder trocken! Soll ich Ihnen ein büschen aufn Weg bringen?

Ich erwiderte, dass ich seine Geschichte erst zu Ende hören wollte.

Aber Detlev sah mich müde an. Da is nix mehr zu verzählen. Die französche Prinzessin is den nächsten Tag nach Kiel gefahren, in eine verslossene Kutsche, und was der alte Herzog war, der is mitgefahren. Später hab ich man gehört, dass sie ein vornehmen Prinzen heiraten musste, und dass ihr kein Mensch hat leiden mögen. Denn sie war ümmer ernsthaft und konnt sich nich freuen, wenn die andern Spaß machten. So is das nu in die Welt. Der ein hat ein swaches Gedächtnis und kann lustig bleiben; der andre is langsamer von Vergessen und muss an schöne Zeiten denken, die nich wiederkommen.

Detlev hatte sich wieder gesetzt und sah einem roten Sonnenstrahl nach, der an der Wand entlangglitt. Das schlecht gemalte Bild eines Herrn in Kammerherrenuniform, das da hing, erschien wie in Gold getaucht. Der Alte nickte mit dem Kopf und sagte leise vor sich hin: Ümmer, wenn die Sonne scheint, dann scheint sie auch auf ihm, und dann sieht er ordentlich freundlich aus. Und er is doch sein Lebtag nich wieder vergnügt geworden. Nach Eutin hat er in Oktobermonat wieder hinfahren können, und ich freute mir, unser klein Stadt und unsern Herzog wiederzusehn. Meinen Junker abers is allens egal gewesen. Er war gesund und konnte Dienst tun bei Hof, und er machte Dieners und verzog den Mund, wenn er lachen sollt, weiter abers gar nix. Er war wie eine Puppe geworden, und so is er geblieben.

Große Menschen mögen abers nich viel mit Puppens zu tun haben, die langweilen ihnen, und so dauerte es nich lange, so hieß mein Junker der langweilige Kammerjunker. Die kleine Komtess mocht ihm gar nich mehr leiden, und er ihr auch nich. Die beiden sind ganz sangfassong auseinandergegangen, und auch als sich die Komtess mit ein andern Herrn verlobt hat, da sagte mein Herr nich das Geringste. Er könnt sich über nix mehr freuen und über nix mehr ärgern. Bloß als in eine Gesellschaft mal von Napolium gesprochen ward und von seine Spione und einer sagte, in Eutin und Plön sollt auch ein Mann gewesen sein, der spioniert hatt, und das wär um die Zeit gewesen, als der Franzosenkaiser Jagd machte auf den französischen Herzog, da is mein Herr kreideweiß geworden. Und viele Nächtens hinterher is er nich zu Bett gegangen und hat ümmer vor sich hingesagt: Fluch dem Verräter! Später is er ümmer stiller geworden und ümmer langweiliger. Als unser Herzog ihm zum Kammerherrn machte, da haben die Leute gesagt, aus den langweiligen Kammerjunker war ein langweiligen Kammerherrn geworden, und ein Orden hätt ihm auch nich amesanter gemacht. Und weil ihm die Menschen langweilig nannten, hat er ihnen auch langweilig gefunden und keinen mehr leiden mögen. Bald is er auch in Pangschon gegangen und hat hier gelebt, hier in diesen kleinen Bauernhaus. Hier, wo er keinen Menschen langweilte, mochte er am liebsten sein, und ich bin natürlicheweise mit ihn gegangen. Da sind wir denn mitsammen alt geworden, und wenn mein Herr mal in die Stadt gegangen is, dann haben sich die Kinders angestoßen und gesagt: Kuck, da geht der langweilige Kammerherr! Und eines Morgens hat er tot in sein Bett gelegen, worüber ich mir ordentlich freute, weil er gar nicht mehr langweilig aussah. Und weil ich ihm so lieb hatte, deswegen wusste ich ja, dass er im Himmel besser aufgehoben is als auf dieser Erde, wo es alle Tage langweiliger wird. Und wenn ich dahin komm, denn soll mir bloß wundern, ob das allens nich all lang aufgeklärt is, ich mein die Geschichte mit Herrn Rosenstein, und dass mein Junker doch kein Schuld hatt an den Tod von den Herzog. Denn wenn er das Geld nahm, so tat er es man bloß aus pure Unbedachtsamkeit und nich, weil er jemand verraten wollt. Soviel is gewiss: ich sprech da oben mal über allens und sag geradeaus mein Meinung, wenn es auch unbescheiden is. Abers ich hab doch von den Fluch auch ein Stück abgekriegt, das kann ich deutlich merken, und daher is mich das so greulich, wenn der Mond scheint, und ich an all die alten Geschichtens denken muss. Ich hab denn auch in mein Testament geschrieben, dass ich mein Grab auf den dunkelsten Platz von Kirchhof haben will, denn sonsten kann ich nich geruhig in die Erde liegen, das weiß ich genau. Nu aber müssen Sie warraftigen Gott nach Hause gehn!

Das tat ich denn auch, während der alte Mann ein Stück schweigend neben mir herging und nur manchmal tief aufseufzte oder mit seinem Hunde sprach. Von der Zeit an sind wir beide sehr gute Freunde gewesen, und wenn wir uns begegneten, dann sprachen wir immer lange miteinander. Vom Wetter und von der Ernte, von der Schlechtigkeit der Welt und von den guten Eigenschaften Perles. Nur vom langweiligen Kammerherrn haben wir niemals mehr gesprochen. Nun ruht Detlev Marksen schon lange an einem so dunkeln Kirchhofsplätzchen, dass ihn der Mond nie mehr ärgern kann, und so hoffe ich, er wird sich auch nicht darüber ärgern, dass ich ihm die Geschichte vom langweiligen Kammerherrn hier nacherzählt habe.

Die Geschichte des Etatsrats

Als der Etatsrat Peter Lauritzen sein Amt als Bürgermeister der Stadt Osterburg niederlegen musste, da beschloss er, nach Holstein zu ziehen. Dort, mitten im Lande und in der lieblichsten Gegend, lag das Städtchen, dessen Gymnasium er als Schüler besucht und wo es ihm immer so gut gefallen hatte. Er zog auch deshalb hin, weil die Stadt nur wenige Tausend Einwohner zählte, es also jedermann erfahren musste, wenn ein wirklicher Etatsrat seinen Wohnort dorthin verlegte.

Peter Lauritzen war nämlich sehr durchdrungen von der Wertschätzung seiner eignen Person und hatte nicht die Absicht, seinen hoffentlich noch lang ausgedehnten Lebensweg unbeachtet oder gar vergessen zu wandern. In einer größern Stadt galten pensionierte Beamte nicht viel; er selbst hatte diese alten Herren, wenn sie ihm begegnet waren, stets sehr unliebenswürdig behandelt. Nun empfand er eine unwillkürliche Abneigung, die Vergeltung dafür an sich zu erproben.

Er reiste also mit seinem Koffer und seinem wertvollen Hausrat in die Stadt, wo es nach seiner Ansicht noch Leute gab, die von vornherein Respekt vor seinen Titeln und Orden haben würden. Erst als er angelangt war und nun mit vornehmer Bedächtigkeit durch die kleinen und engen Straßen schritt, fiel ihm etwas Wunderliches ein: nämlich dass er in dieser Stadt nicht bloß die Schule besucht hatte, sondern auch verlobt gewesen war. Wer die würdevolle Gestalt des Etatsrats, wer seine dunkelblonde Perücke und seine falschen Vorderzähne sah, der konnte sich freilich nicht denken, dass er sich einst mit solchen Gewöhnlichkeiten, wie es das Verloben doch ist, abgegeben habe. Und doch war es so. Sogar zweimal war Lauritzen verlobt gewesen. Einmal als Primaner in dieser kleinen Stadt und einmal mit einer reichen, in jeder Beziehung würdigen Witwe. Nach der letzten Verlobung war, wie man in Holstein zu sagen pflegt, »etwas gekommen«; d. h., der ehrbaren Verlobung war eine außerordentlich ehrbare Ehe gefolgt. Die Primanerverlobung dagegen hatte das Los aller leichtfertig eingegangnen Verbindungen gehabt: Sie war sehr bald zu Ende gewesen.

Während der Etatsrat langsam durch die Baumreihen ging, die das Städtchen umsäumen, dachte er mit dem Wohlgefallen des Gerechten an die glückliche Lösung des leichtfertig geschlossenen Bundes. Natürlich war er damals verführt worden. Männer werden immer durch schlechte Weiber verführt, und wenn diese Weiber noch dazu graue Augen und blonde Haare haben und ganz junge, reizende Mädchen sind, dann wird die Schuld des männlichen Wesens, wenn man überhaupt, von einer Schuld reden kann, noch kleiner. Sie hieß Therese. Diese Worte sprach der Etatsrat plötzlich ganz laut, und dann wunderte er sich selbst so über sein gutes Gedächtnis, dass er sich setzen musste. Es standen nämlich unter den Bäumen einige Ruhebänke, und wenn die leichtfertige Jugend des Städtchens dachte, diese Bänke wären nur dazu da, dass man auf ihnen im Mondenschein Hand in Hand mit jemand anders sitzen könnte, so war das natürlich ein Irrtum. Der Etatsrat saß fest und sicher auf der Bank und dachte nicht entfernt an den Mondenschein. Aber er dachte an Therese. Nicht voller Sehnsucht, und Rührung, sondern nur voller Zufriedenheit. Denn er hatte, nachdem er sich in einer erregten Stunde mit ihr verlobt und ihr ewige Treue geschworen hatte, sich von ihr losgesagt, nachdem er Student geworden war.

Sie war wohl aus einer guten Familie gewesen, aber ganz arm. Als Primaner, wo man Schillersche Gedichte lernt, erscheint Armut der Liebe nicht hinderlich; als Student wird man schon vernünftiger. Bald nach seiner Immatrikulation war Peter Lauritzen die Unvernunft seiner Verlobung unheimlich klar geworden, und er hatte der reizenden Therese einen Abschiedsbrief geschrieben, an den er noch heute mit Stolz dachte. Dieser Abschiedsbrief war wie ein Schwamm gewesen. Er hatte alle Torheit und Unvernunft, die sich möglicherweise noch in seinem Herzen befand, weggewischt und die Erinnerung an das Vergangne ganz ausgelöscht. Als er sich später mit der würdigen Witwe verlobte, wusste er gar nicht mehr, dass er ehemals ein frisches, unberührtes Lippenpaar geküsst hatte, und als seine Frau starb und er sich darum sorgte, ob er auch so viel erben würde, wie er erwartet hatte, da fiel es ihm nicht ein, dass er schon einmal jemand begraben hatte, nämlich seine erste und einzige Liebe.

Mehr als dreißig Jahre mussten vergehen, ehe diese Erinnerung wieder aufstand und an sein Herz klopfte. Aber sie fand keine offne Tür. Der Etatsrat wunderte sich nur, dass ihm mit einem Male eine so alte Geschichte wieder einfallen konnte; dann freute er sich, dass er sich so vernünftig benommen hatte, und dann stand er auf und begab sich in selbstzufriedner Stimmung in seine Wohnung.

Er hatte sich durch seinen Gastwirt einige hübsche Zimmer mieten lassen, und derselbe gefällige Mann hatte ihm auch eine Haushälterin besorgt. Vor seiner Abreise von Osterburg hatte sich nämlich die bisherige Hausdame des Etatsrats plötzlich verheiratet, eine Handlung, die ihr das ungeheuchelte Missfallen ihres Prinzipals eintrug. Daher nahm er Mamsell Reimers, seine neue Hausstütze und eine kräftige Fünfzigerin, nur unter der Bedingung in seine Dienste, dass sie sich nie verheiraten würde.

Sie sah ihn ziemlich erstaunt an, als er ihr diese Bedingung stellte. Du liebe Zeit, Herr Etatsrat, wer sollte mir denn nehmen?

Ich kann es mir auch nicht denken, sagte Peter Lauritzen. Aber es gibt heutzutage viele Esel!

Hier in unser Stadt nich, versicherte die Mamsell treuherzig. Da müssen sie schon von auswärts kommen!

Der Etatsrat schüttelte den Kopf. Nach seiner Ansicht waren die meisten Menschen Esel; aber er hielt es für unter seiner Würde, sich mit einer Haushälterin in eine längere Unterhaltung einzulassen, und nahm sie an, nachdem er ihr noch einmal seine Abneigung gegen spätes Heiraten ausgesprochen hatte.

In wenigen Tagen waren die häuslichen Einrichtungen des Etatsrats in schönster Ordnung, und er konnte daran denken, sich den Einwohnern des Städtchens nicht bloß als vornehmer Spaziergänger, sondern auch als Mensch zu zeigen. Dazu begab er sich in die Weinstube und dort an den Stammtisch.

In jeder kleinen Stadt gibt es natürlich eine Weinstube und darin einen Stammtisch. Nur dass heutzutage die Weinstube Bierhalle heißt, und dass die Mitglieder des Stammtisches aus großen Seideln ganz gewöhnliches Bier trinken. Als aber noch König Friedrich der Siebente als Herzog in Holstein regierte, da war das bayrische Bier ein plebejisches Getränk; wer etwas auf sich hielt, der trank jeden Abend sein Glas Punsch. Man konnte es auch Grog nennen, die Mischung war dieselbe.

Der Stammtisch, an den sich der Etatsrat eines Abends begab, hielt viel auf sich, und das konnte er auch. Denn er bestand fast nur aus pensionierten höhern Beamten, aus einigen adligen Herren und aus einem schwarzen Schaf, das eigentlich nicht mitzählen sollte, aber doch immer da war. Dieses schwarze Schaf hatte ehemals der Geistlichkeit angehört und war nun ein Pastor *emeritus*, der allen Grund hatte, seine Pfennige zusammenzuhalten und keinen teuern Grog zu trinken. Daher richtete er es auch immer so ein, dass er verstohlen das Glas eines andern Stammgastes austrank. Das war nun nicht hübsch von ihm; aber da der Pastor hin und wieder eine ganz nette Geschichte erzählte, und es doch keine Möglichkeit gab, ihn loszuwerden, ohne ihn totzuschlagen, was die alten juristischen Herren auch nicht gut konnten, so blieb er das schwarze Schaf des Stammtisches.

Man kann sich denken, dass dieser Stammtisch über die Ankunft des Etatsrats große Freude empfand. Ein Mann mit so hübschem Titel ist für jeden Stammtisch eine angenehme Bereicherung, und in der kleinen Stadt fühlte man gerade damals das Bedürfnis nach einer neuen Erscheinung. Als daher Peter Lauritzen mit seiner glatt gekämmten Perücke und in tadellos würdiger Haltung in der Weinstube erschien, wurde er aufs Freundlichste willkommen geheißen. Jeder der alten Herren stellte sich ihm vor, schüttelte ihm die Hand, gelobte ihm ewige Freundschaft und forderte ihn auf, ein Glas Punsch mit ihm zu trinken. Selbst der Pastor *emeritus* schwang sich zu dieser Einladung auf, da er hoffte, dass sie doch nicht angenommen werden würde, und so saß nun Peter Lauritzen mitten im Kreise der neuen Freunde und fühlte sich unmäßig glücklich.

Nicht des freundlichen Empfanges wegen – als Etatsrat dritter Klasse konnte er das beanspruchen–, sondern deswegen, weil mitten unter den andern Herren und gekleidet wie ein gewöhnlicher Mensch eine wirkliche, wahrhaftige Exzellenz saß. Es war fast zu schön, um es zu glauben; aber es war doch so. Ein Geheimer Konferenzrat mit dem Prädikat Exzellenz saß mit ihm an einem Tische und sprach ganz freundschaftlich mit ihm!

Der Etatsrat hatte sein Leben lang große Sehnsucht nach hohen Titeln und Würden gehabt, und diese Sehnsucht war nur zum Teil befriedigt worden. Früher hatte er oft daran gedacht, selbst Exzellenz zu werden. Dazu war er nun freilich nicht gekommen. Desto mehr Ehrfurcht empfand er vor denen, die zu dieser schwindelnden Höhe emporgestiegen waren.

Die Exzellenz war ein kleiner, sehr freundlicher Herr, der ihm gutmütig zutrank und durch diese Herablassung den Etatsrat fast zu Tränen rührte. Gut, dass Sie hierher gezogen sind, lieber Etatsrat, sagte Exzellenz behaglich. Unser Stammtisch ist gemütlich, aber er könnte manchmal unterhaltender sein. Wir sehnen uns nach Abwechslung. Sie erzählen doch auch Geschichten?

Geschichten? Lauritzen machte große Augen. Was verstehen Exzellenz unter Geschichten?

Na, tun Sie mir den Gefallen und werfen Sie mir nicht immer die Exzellenz an den Kopf! Polterte der Geheimrat gutmütig. Wir sind hier unter uns; da braucht man keine Faxen zu machen! Er trank dem Etatsrat noch einmal zu, und diesem war es, als säße er im Himmel, und die Engel sängen ihm ihre süßesten Lieder vor.

Nun erzählen Sie mal was! Sagte darauf jemand neben ihm. Es war der Emeritus, der sich an den Etatsrat herangemogelt und auch schon sein Glas einmal ausgetrunken hatte.

Das war ihm entgangen, denn wenn man selig ist, sind einem solche Dinge einerlei; aber da er gegen abgedankte Leute aus alter Gewohnheit niemals freundlich war, so war er es auch nicht gegen den Emeritus. Ich weiß keine Geschichten! Sagte er kurz.

Alle sahen ihn ziemlich erstaunt an. Ein neuer Stammgast, der keine Geschichte wusste – das war doch eigentümlich und nicht eben erfreulich.

Es wird Ihnen schon was einfallen! Tröstete der alte Pastor. Sind Sie niemals verliebt gewesen?

Lauritzen wurde ganz rot. Er fand diese Frage nicht bloß unsittlich, sondern auch unbescheiden, was ja noch schlimmer ist.

Nein! Sagte er scharf, und da er die blonde Therese in diesem Augenblick vollständig vergessen hatte, so sprach er gewissermaßen die Wahrheit.

Oho! Lachten die andern Herren, und da der Pastor bereits das zweite Glas Punsch auf des Etatsrats Kosten getrunken hatte, so wurde er sehr zutraulich.

Dann werden Sie sich noch einmal verlieben. Denn alle Schuld rächt sich auf Erden, sagt Goethe!

Ich bin nicht für Goethe! Versetzte Lauritzen steif. Seit seiner Schulzeit hatte er keinen Band Goethe in der Hand gehabt. Er machte sich überhaupt nichts aus Dichtern.

Alle schwiegen, denn sie konnten wohl von Stadtneuigkeiten reden, aber nicht von Goethe. Nur der Geheimrat lächelte ein wenig und sagte: Denken Sie sich doch ein paar nette Geschichten aus. Beim Glase Punsch kommen die guten Gedanken, und wir sind dankbare Zuhörer. Unser Punsch ist besser als der königliche Punsch in Flensburg.

Wieso? Fragte Lauritzen.

Der alte Herr rückte sich im Stuhle zurecht. Er musste doch dem Etatsrat zeigen, wie man eine Geschichte erzählt.

Also der König, begann er, war in Flensburg und gab seinen Ständen ein Mittagessen. Zu den Abgeordneten gehörten auch mehrere schleswigsche Bauern, die bei Tische mit großem Eifer aßen und kein Wort sprachen. Majestät amüsierte sich über sie, und nach dem Essen trug er mir auf, ich sollte mich erkundigen, wie es ihnen geschmeckt hätte. Sie standen nämlich in einer Ecke des Saals und machten so ernsthafte Gesichter, als ob sie nicht so recht zufrieden wären. Nun, meine Herren – mit diesen Worten ging ich auf sie zu –, wie gefällt es Ihnen denn, an Seiner Majestät Tafel zu speisen? Sie sahen mich alle ganz bekümmert an, und einer von ihnen, ein hübscher alter Bauer, schüttelte den Kopf. Was das Essen war, mein guter Herr, sagte er, da kann ich nix von sagen. Das war allens in Ordnung. Abers der Punsch, den König sein Punsch! Wenn der arme Mann jeden Tag so'n Punsch kriegt, denn tut er uns allen wahrhaftigen Gott leid! Und die andern Bauern nickten so betrübt bei dieser Rede ihres Genossen, dass man ihnen ansah, wie ernst sie es mit ihrem Bedauern meinten. Es hatte aber beim Essen gar keinen Punsch gegeben!

Der Geheimrat schwieg und rührte seinen Punsch um, während der Pastor hastig einen Schluck aus dem Glase des Etatsrats nahm. Er konnte es ungestraft tun, denn Peter Lauritzen war ganz Ohr; ihm hatte noch niemals ein wirklicher Geheimrat eine Geschichte erzählt.

Was hatten denn die Bauern als Punsch getrunken? Fragte er.

Das parfümierte Wasser in den Fingergläsern!

Daher ihr Entsetzen und ihr Mitleid mit dem König. Es bedurfte dieses Mitgefühls eigentlich nicht! Setzte er leiser hinzu und alle Stammgäste lachten; denn jedermann wusste, dass König Friedrich sich doch noch besser auf Punsch verstand als seine Bauern.

Lauritzen hatte herzlich über die Erzählung des Geheimrats gelacht, und als nun die Unterhaltung weiterging, da saß er nachdenklich in seinem Stuhl und dachte nach. So also erzählt man Geschichten! Es war ein hübscher Zeitvertreib. Aber er, der Etatsrat, hatte doch eigentlich nicht nötig, andern Leuten die Zeit zu vertreiben. Als er sich daher später von seinen neuen Freunden verabschiedete, nahm er sich gleich vor, selbst keine Geschichte zu erzählen.

Am andern Abend fand er sich wieder rechtzeitig in der Weinstube ein, und der Geheimrat nickte ihm wohlwollend zu.

Setzen Sie sich zu mir, lieber Etatsrat. Heute wissen Sie doch eine Geschichte?

Leider nicht, Exzellenz! Erwiderte Lauritzen.

Der alte Herr gähnte. Sie waren wohl nie verheiratet? Fragte er unvermittelt.

Der Etatsrat beeilte sich, bejahend zu antworten. Es war ihm sogar ein Genuss, etwas von einem Menschen erzählen zu können. Sie war eine rei– eine Witwe, begann er und verschluckte hastig die zweite Silbe des Wortes »reiche«. Aber er konnte an seine verstorbene Frau nicht ohne dieses Beiwort denken. Nun machte er ein feierliches Gesicht. Ihre Gesundheit war leider nicht die stärkste, und ich musste sie bald verlieren!

Haben Sie Kinder gehabt?

Der Etatsrat sah etwas verdutzt aus. Nein, Exzellenz! Meine Frau brachte eine Tochter mit in die Ehe, die jetzt mit einem Apotheker verheiratet ist. Ich verschaffte ihm den Titel eines Kriegsrats! Setzte er in einem Tone hinzu, dem man das Bewusstsein der Pflichterfüllung anhörte.

Wie wurde es denn mit der Erbschaft? Fragte der Pastor, der eben hereingekommen war und die Silbe rei– doch erschnappt hatte.

Meine Frau hatte ein sehr nettes Testament gemacht! Erwiderte der Etatsrat gerührt. Er wurde immer gerührt, wenn er an dieses Testament dachte.

Da haben Sie aber Glück gehabt! Rief das schwarze Schaf. In meiner frühern Gemeinde lebte ein Mann, der gleichfalls eine reiche Witwe heiratete. Aber als sie starb – und nun folgte eine lange und verwickelte Erbschaftsgeschichte. Der Pastor erzählte sie aber gut; und alle Stammgäste hörten ihm zu, und der Etatsrat ärgerte sich. Denn obgleich er sich einbildete, alles zu können, so hatte er doch jetzt die unbestimmte Ahnung, dass er keine Geschichte erzählen könnte.

Mehrere Abende waren vergangen, und der Etatsrat wurde nicht mehr nach einer Geschichte gefragt. Selbst der Geheimrat fand sich allmählich darein, dass Peter Lauritzen ein Statist am Stammtisch sei, dem nur sein Titel eine angesehene Stellung verschaffte.

Aber der Etatsrat wollte natürlich von einer Statistenrolle nichts wissen. Wenn er sich auch hin und wieder darüber ärgerte, dass er nichts erzählen konnte, so war er doch viel zu sehr von seinem eignen Werte durchdrungen, als dass er nicht jeden glücklich geschätzt hätte, der mit ihm sprechen durfte.

In dieser wohlgefälligen, behaglichen Stimmung machte er seine Besuche bei den Honoratioren des Städtchens, unter denen sich viel Adel befand. Überall wurde er freundlich aufgenommen, besonders bei den drei Komtessen am Markt, die sich über jede Abwechslung freuten. Es waren das drei sehr beliebte ältere Damen, die allen Menschen ihre Teilnahme zuwandten und sich daher bei Lauritzen gleich nach dem Befinden seiner Eltern erkundigten.

Der Etatsrat geriet etwas in Verlegenheit, denn solange seine Eltern lebten, hatte er sie und ihre bescheidne Lebensstellung stets so vorsichtig verschwiegen, dass es ihm einen Augenblick zweifelhaft wurde, ob sie sich überhaupt noch auf dieser Erde aufhielten. Dann aber kehrte seine Fassung zurück und er murmelte etwas vom Himmel und von irdischer Trennung, Worte, die die älteste Gräfin sehr rührten. Sie war nämlich etwas sentimental und jeden Augenblick bereit, Tränen zu vergießen.

Ihre jüngste Schwester dagegen konnte nicht so leicht weinen. Sie sah den Etatsrat mit einem gutmütig-spöttischen Blick an und sagte: Ich meine übrigens, in meiner Jugend Ihren Namen gehört zu haben. Eine meiner liebsten Freundinnen hat mir von Ihnen erzählt!

Der Etatsrat fühlte, dass er blass wurde. Ich weiß nicht, stotterte er, eine Ihrer liebsten Freundinnen?

Komtess Isidore lachte. Erschrecken Sie nur nicht! Ich glaube kam, dass Therese noch Ansprüche an Sie machen wird. Sie ist lange verheiratet!

Der Etatsrat seufzte erleichtert, und doch ärgerte er sich im nächsten Augenblick, dass ihn Therese nicht dreißig Jahre hindurch unglücklich geliebt hatte.

Komtess Isidore lächelte ihm aber freundlich zu. Jugend hat nun einmal keine Tugend, meinte sie gutmütig. Aber es ist lustig, jung zu sein, lustiger, als mit jedem Tag dem Alter und dem Tod näherzukommen! Nun, hoffentlich halten wir uns beides noch vom Leibe, lieber Etatsrat, und Sie besuchen uns recht oft und erzählen uns hübsche Geschichten!

Als der Etatsrat wieder über die Straße ging, stieß er einen leisen Fluch aus, obgleich er einmal in einer christlichen Zeitschrift einen heftigen Aufsatz gegen das Fluchen geschrieben hatte. Seitdem er hier wohnte, kam er sich gar nicht mehr so edel und so erhaben vor, wie er sich angewöhnt hatte als Bürgermeister zu sein. Auch war der Hauptzweck seines hiesigen Aufenthalts nicht erreicht. Er hatte ausruhen wollen von dem Verdruss, den ihm die Stadtverordneten von Osterburg, das schlechte Straßenpflaster und die schmutzigen Rinnsteine gemacht hatten, und nun fand er keine Ruhe. Er dachte immer nur an alberne Dinge, an Geschichtenerzählen und an Therese. Es half ihm nichts, dass er sich bemühte, an seine verstorbne Frau und ihr nettes Testament zu denken; aus den kleinen Häusern hüpften überall boshafte Geisterchen und flüsterten: Erzähle uns eine Geschichte! Und wenn ihm ein blondes Mädchen begegnete, so wandte er sich nach ihr um und dachte an

Therese; an Therese, die er verlassen hatte, weil sie arm gewesen war.

Er ist ein Rotürier! Sagte Komtess Isidore von ihm zum Geheimrat; mir kam es vor, als ob er sich seiner Eltern schämte!

Die Exzellenz zuckte die Achseln: Wenn er nur eine Geschichte wüsste!

Aber der Etatsrat wusste keine Geschichte, diese traurige Tatsache war bald stadtbekannt, und so begann sein Ansehen zu schwinden. Zwar wurde er zu Teegesellschaften bei den Komtessen und beim Geheimrat eingeladen, er führte auch immer eine sehr vornehme alte Dame zu Tische; aber er hatte doch auch da dieselbe Empfindung wie am Stammtisch der Weinstube, man hatte mehr von ihm erwartet. Das ist aber ein betrübendes Gefühl, und daher war es nicht zu verwundern, dass sich der Etatsrat nach einem Wesen sehnte, mit dem er sich einmal darüber aussprechen konnte. Da fand er aber niemand anders als seine Haushälterin, Mamsell Reimers. Die war zwar durchaus keine standesgemäße Person, aber er musste doch einmal sein Herz ausschütten.

Er kam gerade vom Stammtische, wo der alte Pastor heute wieder das Wort geführt und förmlich eine Rolle gespielt hatte. Nicht bloß der Geheimrat und die andre Gesellschaft hatten über seine Schnurren gelacht; auch ein vornehmer Fremder, ein Baron, hatte sich am Tische niedergelassen und war voller Huld gegen den Emeritus gewesen.

Wenn ich nur wüsste, was die Leute an diesem gewöhnlichen Kerl finden! Murrte der Etatsrat, als ihm seine Mamsell den Tee einschenkte. Er hat keinen einzigen Orden, ist bloß Emeritus und trinkt meinen Punsch aus!

Abers er veramüsiert die Herrschaften! sagte Mamsell Reimers bedächtig. Ein gewöhnlichen Mann is er ja natürlicheweise; sonstens würd ihm ja das Minesterium nich abgeswenkt haben, was ja beim Pastoren gar nich leicht sein soll. Abers er kann was verzählen.

Er ist abgesetzt? Fragte Lauritzen neugierig.

Seine Haushälterin nickte.

Ich hab ein Onkel, den sein Kasine war gerade Köchin in den Pastor sein frühere Gemeinde, als das nu nich länger mehr ging. Ein slechten Mann war er ja nich, und was die Predigt gewesen is, so könnt man da auch nix gegen sagen. Abers der Pastor war ein büschen slimm bei die Hochzeiten und Kindtaufens. Er nahm sich ümmer so viel Tortens mit, weil er so gern Kuchen mochte. So furchtbar viel tat das ja nun nich; die Leute wussten das alle und passten auf, dass er nich gleich die allerbesten in die Fingers kriegte; abers als es nu auch an die Kalbsbratens ging und an die gekochten Schinkens, da mochten sie es nich mehr. Da ist es ja woll an das Minesterium geschrieben worden. Das war aber noch nich allens. Als der Pastor einmal aufn Ostersonntag predigte und das Evangelium von die Auferstehung lesen sollte, da vergriff er sich in die Papierens und las vor, dass seine Frau ihr gesticktes Taschentuch verloren hätt. Das war natürlich ein Irrtum, er hatt die Anzeige vorn Kirchengebet lesen wollen. Abers viele von die Gemeinde meinten doch, das war doch kein rechte Predigt, wo das gestickte Taschentuch von die Frau Pastorn in vorkäme, wo sie alle hätten dabei aufstehen müssen, gerade wie bein Evangelium. Da is das denn auch nach Kopenhagen geschrieben worden, und der Pastor musst abgehen.

Mamsell Reimers könnte sehr behaglich erzählen, und wenn der Etatsrat klug gewesen wäre, so hätte er von seiner Haushälterin gelernt, wie man kleine Geschichten vorträgt. Aber er war nach seiner Ansicht schon viel zu klug, um noch etwas lernen zu können. Das einzige, was er der Mitteilung von Mamsell Reimers entnahm, war, dass er den Emeritus noch mehr als früher verachtete.

Peter Lauritzen war schon über ein halbes Jahr in der kleinen Stadt; da wurde er wieder einmal von den drei Komtessen zum Tee geladen. Er ging ungern hin, weil er seit mehreren Tagen angefangen hatte, sich eine Geschichte für den Stammtisch auszudenken. Aber er konnte es doch nicht übers Herz bringen, die Gelegenheit, mit drei Komtessen zusammen Tee zu trinken, leichtsinnig von der Hand zu weisen. So stellte er sich denn rechtzeitig ein, und seine Perücke war so glatt gebürstet, seine Haltung so feierlich, dass man ihm den Etatsrat der dritten Rangklasse schon auf weite Entfernung ansah.

Komtesse Isidore kam ihm, nachdem er ins Zimmer getreten war, freundlich entgegen. Sie war von Herzen gut und hätte gern der ganzen Welt öfter ein kleines Vergnügen gemacht; auch Peter Lauritzen, obgleich er ihr sonst nicht sympathisch war. Lieber Etatsrat, sagte sie, ich habe eine Überraschung für Sie! Kommen Sie, ich will Sie Frau von Ehrenberg vorstellen!

Erstaunt und etwas aus der Fassung gebracht verbeugte sich der Vorgestellte vor einer ältern, stattlichen Dame.

Frau von Ehrenberg streckte ihm lächelnd die Hand entgegen und sagte: Sie haben mich wohl ganz vergessen, Herr Etatsrat?

Er sah in ihre schönen grauen Augen, und plötzlich stockte ihm der Atem. Therese! Also Sie erkennen mich doch? Ich beneide Sie um Ihr gutes Gedächtnis: Ich glaube nicht, dass ich Sie erkannt haben würde! Wer nach dreißig Jahren seine erste Liebe wiedersieht, der hadert gewöhnlich mit dem Schicksal, das auch noch diese Enttäuschung über ihn verhängt. Aber Lauritzen stand regungslos und blickte wie verzaubert in die lebhaften Züge Theresens. Länger als dreißig Jahre hatte er keine Stunde an sie gedacht, und nun kam es ihm vor, als hätte er sie nie vergessen. Therese! Flüsterte er noch einmal.

Frau von Ehrenberg zog die Augenbrauen etwas in die Höhe. Dass er sie das erste Mal bei ihrem Vornamen genannt hatte, fand sie begreiflich; das zweite Mal aber erschien ihr überflüssig. Es freut mich, Sie einmal wieder gesehen zu haben, lieber Herr Lauritzen, sagte sie etwas herablassend, dann wandte sie sich schnell ab.

Sie sprach auch den ganzen Abend nicht wieder mit ihm. Nicht, weil sie ihn hätte absichtlich schlecht behandeln wollen, sondern weil er ihr gänzlich gleichgültig war. Vor langen Jahren hatte sie einem frischen, jungen

Menschen ihre erste Liebe geschenkt, und er brach ihr die Treue; das hatte auf ihre Jugend tiefe Schatten geworfen. Aber der Schmerz war längst verwunden, und dass jener steife Mann früher jung und lustig gewesen sei, das konnte sie sich gar nicht denken. Deshalb vergaß sie den Etatsrat auch in derselben Minute, wo sie sich von ihm wandte. Vielleicht hätte er es auch so gemacht, wenn er noch ein beschäftigter Beamter gewesen wäre. Dann hätte ihm wohl die Sorge um die Stadt und um die tausend Kleinigkeiten, mit denen er sich zu quälen gehabt hatte, jeden andern Gedanken aus dem Kopfe getrieben. Aber er hatte nichts mehr zu tun und zu denken, als das, was ihm jetzt vor die Seele trat, und so dachte er denn an Therese. Nicht bloß diesen Abend, sondern noch viele Tage hinterher, sodass die Stammtischgeschichte, an der er innerlich schon tagelang gearbeitet hatte, wieder seinem Gedächtnis entschwand.

Er versuchte sogar, Frau von Ehrenberg seine Aufwartung zu machen. Aber sie war ausgegangen, und da sie bald wieder abreiste, so sah er sie überhaupt nicht wieder. Aber das hinderte ihn nicht, sie zärtlich, glühend, leidenschaftlich zu lieben. Freilich nach seiner Weise. Stundenlang ging er einsam unter den Baumreihen am Wasser spazieren und dachte der Zeiten, wo er nicht allein hier gegangen war. Hatte er wirklich sein Glück leichtfertig verscherzt? Fragte er sich. Und plötzlich hörte er die breite Stimme des Emeritus sagen: Jede Schuld rächt sich auf Erden! Dann fluchte der Etatsrat; nicht auf sich, sondern auf den Pastor, und dann versuchte er an seine selige Frau zu denken, die ihm ein so schönes Vermögen hinterlassen hatte. Aber man muss in der

Übung sein, wenn man recht nachdrücklich an jemanden denken will; der Etatsrat war gar nicht gewohnt, sich mit dem Andenken an seine Frau zu beschäftigen, und so flatterten seine Gedanken immer wieder zurück zu Therese.

Mich deucht, Sie essen man slecht! Sagte Mamsell Reimers eines Tages zu ihm. Hab' ich Sie die Enten nich zu Dank gebraten, denn müssen Sie mich das offen sagen, denn bis dahin hab' ich all mein Herrschaftens zufriedengestellt mit das Essen!

Der Etatsrat und seine Haushälterin saßen vor einem appetitlich duftenden Entenbraten, und Lauritzen hatte gut gegessen, wenn auch nicht mit dem alten Appetit. Nun schüttelte er den Kopf. Ich bin mit Ihnen zufrieden, Mamsell, sagte er feierlich. Sie sorgen gut für mich, und die Enten können gar nicht besser sein. Wenn man aber ein Herz hat – hier stockte er einen Augenblick, und dann begann er, sein Leid zu erzählen. Es war eigentlich keine Geschichte für eine so ungebildete Person, aber er fühlte das Bedürfnis, sich einmal auszusprechen.

Mamsell Reimers hörte ihm still zu, während sie ihm eine Tasse Kaffee einschenkte. Als er geendet hatte, sagte sie: Nu nehmen Sie man einen Sluck Kaffee, und denn regen Sie sich nich auf. Man ümmer viel spazieren gehen, und denn zu Mittag ein guten Braten, denn geht es wieder über mit Ihren Herzen. Mich deucht, Sie sind ein büschen zu alt für die Liebe, und was die Frau von Ehrenberg is, die hat'n Mann un sechs Kinners, und ich glaub nich, dass sie Ihnen nimmt!

Einen Mann und sechs Kinder hat sie? Wiederholte der Etatsrat.

Mamsell Reimers nickte. Ich möchte Ihnen auch raten, ein klein' Lüttenborger nach den Kaffee zu nehmen. Sonstens sind die Entens zu swer for Sie in Ihre gegenwärtige Verfassung!

Der Etatsrat nahm den Lütjenburger und fühlte sich wirklich besser darauf. Mamsell Reimers hatte recht: Er musste sich Bewegung machen und gut essen, dann würde sein Seelenleiden schon vorübergehen.

Es geht doch nichts über das Aussprechen, dachte er, weil er nicht wusste, dass sein Schmerz nicht sehr tief gegangen war. Denn über große Schmerzen kann kein Mensch sprechen. Doch solche Schmerzen vermochte eine Natur, wie sie Peter Lauritzen hatte, gar nicht zu empfinden. Daher fiel der Zuspruch Mamsell Reimers auf fruchtbaren Boden, obgleich sich der Etatsrat selbst einredete, er habe Therese nur deshalb entsagt, weil sie einen Mann und sechs Kinder hatte.

Nach einigen Monaten war Lauritzen wieder ganz der Alte. Seine Zerstreutheit, seine einsamen Spaziergänge, sein schlechter Appetit waren verschwunden, und zu seiner vollständigen Zufriedenheit fehlte nur noch eins: eine Geschichte für den Stammtisch. Wenn ihm Therese nicht dazwischen gekommen wäre, so hätte er seine erste Geschichte schon lange vorgetragen. Nun ließ ihn aber sein Gedächtnis im Stich: Von der ersten Geschichte wusste er nicht einmal mehr den Anfang. Dies ärgerte natürlich den Etatsrat sehr, und er beschuldigte nicht allein die ahnungslose Therese wegen seines schlechten

Gedächtnisses; er benutzte auch diese Erfahrung, um das ganze weibliche Geschlecht tödlich zu hassen. So oft am Stammtisch von irgendeiner Dame die Rede war, machte er ein Gesicht, als wäre ihm etwas Entsetzliches von der Genannten bekannt, und Leute, denen Töchter und Enkelinnen geboren wurden, betrachtete er stets mit aufrichtigem Mitleiden. Doch dieser Hass trug ihm nur den Ruf ein, dass er ungezählte Körbe bekommen hätte, aber keine Geschichte. Und doch musste er eine erzählen. Je länger er am Stammtische saß, desto mehr sah er diese Notwendigkeit ein. Jeder der Herren besaß als unbestrittnes Eigentum vier oder fünf Geschichten, die er mehrere Male in der Woche erzählte. Nur er erzählte nichts! Er hatte das deutliche Gefühl, bei den Tischgenossen als Etatsrat nur notdürftig geachtet, als Gesellschafter aber geradezu verachtet zu sein. Das war schrecklich, und das musste anders werden.

Die Bäume waren grün und dann auch schon wieder rotgelb geworden. Aber der Etatsrat hatte es kaum bemerkt, denn er arbeitete an seiner Geschichte. Sie wurde ihm schwer, dafür sollte sie aber auch wunderhübsch werden. Sie hatte einen Anfang, eine Mitte und ein langes, langes Ende – zwei Stunden dauerte sie mindestens. Da, hoffte er, würde die Exzellenz doch zufrieden sein, und der Emeritus würde seinen Mund halten müssen.

Es war ein schöner, stiller Herbstabend, als der Etatsrat in die Weinstube trat. Der alte Geheimrat saß schon am Tische und sah in den dunkelnden Garten. Er war etwas wehmütig, denn er hatte Podagra, und wenn dazu noch die Blätter fallen, dann kommen selbst bei dem vergnügtesten Menschen allerhand schwarze Gedanken. Lauritzen merkte aber nichts von der Verstimmung des Alten. Er hatte seine Geschichte im Kopfe, und heute wollte er sie loswerden. Die Exzellenz aber dachte heute gar nicht an Geschichten, sondern an das Podagra, und da dem Geheimrat auch noch einfiel, dass schon sein Vater und sein Großvater, sein Onkel und sein Vetter an Podagra gelitten hatten, und er von jedem seiner Verwandten einen besondern und sehr eigentümlichen Fall und dessen Behandlung wusste, so konnte der Etatsrat seine Geschichte heute nicht loswerden, obgleich er es wohl zwanzigmal versuchte. An den folgenden Abenden erging es ihm ebenso. Es war damals gerade eine sehr lebhafte Zeit am Stammtische. Der Emeritus hatte nach reichlichem Genuss von Speckpfannenkuchen eine Nacht so voll entsetzlicher Träume erlebt, dass sie ihm für mehrere Wochen Stoff für den Stammtisch lieferte. An wunderbare Träume reihen sich bekanntlich immer Spukgeschichten; so folgte ein gesprächiger Abend dem andern, und nach zwei Wochen war der Etatsrat noch nicht zu Worte gekommen. Und doch musste er sprechen, denn sonst vergaß er seine Geschichte wieder. Sicherlich wäre er in dieser Zeit vor Aufregung krank geworden, wenn ihn nicht Mamsell Reimers durch Speise und Trank im Gleichgewicht erhalten hätte. Heute war nun der fünfzehnte Abend, und als der arme Etatsrat die Weinstube betrat, tat er einen Schwur, das Zimmer nicht eher zu verlassen, bis alle seine Geschichte angehört hätten. Leider schien auch heute keine Aussicht zu sein, dass eine Pause am Stammtisch eintreten würde, denn der abscheuliche Pastor hatte wieder das Wort und erzählte von einer Predigt, die er beinahe einmal vorm

König gehalten hätte. Alle hörten ihm aufmerksam zu, und der Etatsrat sah sich im Geiste schon wieder genötigt, beladen mit seiner halb vergessenen Geschichte nach Hause zu gehen.

Da überkam ihn plötzlich die Tatkraft der Verzweiflung. Er nahm sein volles Punschglas und warf es dem Emeritus in den Schoß. Dieser schrie laut auf, teils vor Kummer über den schönen Punsch, und dann auch wohl, weil ihm seine Hosen leidtaten.

Aber Lauritzen entschuldigte sich gar nicht. Er wandte sich ohne Weiteres an die plötzlich still gewordne Gesellschaft und begann hastig: Bei diesem Punschglase fällt mir folgende Geschichte ein. An einem Regentage fuhr ich über Land, und –

Erlauben Sie! Unterbrach ihn der Geheimrat. Kommt in Ihrer Geschichte ein umgeworfnes Punschglas vor?

Nein! Versetzte Lauritzen kurz. Also ich fuhr an einem nassen Regentage –

Ein Regentag ist immer nass, und meine Hosen sind es auch! Brummte der alte Pastor. Der Etatsrat sah ihn wütend an: Wenn Sie mich noch einmal unterbrechen, dann dürfen Sie nie wieder meinen Punsch austrinken! Denken Sie, dass ich Ihre Schliche nicht kennte?

Aber mein Lieber, sagte die Exzellenz und fing an, etwas durch die Nase zu sprechen. In guter Gesellschaft muss man nicht so – so – so deutlich werden!

Ich weiß geradeso gut wie Sie, wie man sich in guter Gesellschaft zu benehmen hat! Rief der Etatsrat, den die Angst, seine Geschichte nicht an den Mann bringen zu können, vollständig kopflos machte.

Man pflegt mich Exzellenz zu nennen, bemerkte der Geheimrat. Wenn Ihnen diese Benennung ungewohnt ist, Herr Lauritzen, dann können Sie auch Herr Baron sagen. Es gibt zwar viele Barone, und ich bin auch gar nicht stolz auf meinen, nebenbei bemerkt, recht alten Adel, aber –

An einem warmen Regentage fuhr ich also über Land, schrie der Etatsrat. Er hatte ein Gefühl, als ob er geköpft werden sollte, vorher aber noch seine Geschichte erzählen müsste.

Da stand die Exzellenz auf. Liebe Freunde, wir wollen uns an einen andern Tisch setzen, Herr Lauritzen wünscht, allein zu sein! Herr Pastor, ich darf Sie wohl auf ein Glas Punsch einladen, damit Sie sich nicht erkälten!

Einen Augenblick saß der Etatsrat ganz allein in dem plötzlich leer gewordenen Zimmer, dann stand er auf und ging nach Hause. Am andern Tage gab es vier Kaffeegesellschaften im Städtchen. Alle zu Ehren des Etatsrats und seiner Geschichte. Von dieser war allerdings wenig die Rede, kein Mensch hatte sie ja begriffen, jeder sprach nur von seinem plötzlichen Irrsinn. Denn irrsinnig musste er geworden sein, nach den Berichten der Stammgäste. Komtess Isidore schrieb auch einen langen Brief an Frau Therese von Ehrenberg, worin folgender Satz vorkam: Denke dir den Etatsrat, diesen gleichgültigen, gefühllosen Menschen, über den du noch kürzlich so lachtest, denke dir dieses arme Wesen im Irrenhause, wohin doch sonst nur die Klugen kommen! Hättest du ihm das zugetraut?

Aber der Etatsrat war nicht irrsinnig. Er lag im Bett, Mamsell Reimers packte seine Sachen, und eines Tages war er ohne Sang und Klang aus der kleinen Stadt verschwunden, die er so guten Mutes betreten hatte.

Eine Zeit lang beschäftigten sich die Menschen noch mit ihm, dann wurde er schnell vergessen. Nur Komtess Isidore dachte noch manchmal an ihn. Nicht weil sie ihn persönlich hätte leiden können, sondern weil sie sich noch der Zeit erinnerte, wo ihre liebste Freundin bitter von ihm hatte leiden müssen. Und Freunde haben manchmal ein besseres Gedächtnis als die Betroffnen selbst.

Deshalb horchte sie auch hoch auf, als eines Tags der Geheimrat seinen Namen nannte. Es waren einige Jahre nach dem geschilderten Ereignis vergangen, die Exzellenz erzählte aber noch immer so gern Geschichten wie früher.

Da bin ich neulich in Hamburg und gehe auf dem Jungfernstieg spazieren, berichtete er. Wer begegnet mir da? Der Etatsrat Lauritzen mit einer Dame am Arm. Er sah sehr gut aus, und seine Frau, die frühere Mamsell Reimers, die mit der deutschen Sprache auf so gespanntem Fuße stand, gleichfalls; beide schienen außerordentlich zufrieden, und Lauritzen war lebhafter geworden.

Die Komtess verstummte vor Entsetzen.

Erschrecken Sie nicht so, Gnädigste, sagte der Geheimrat mit leisem Spott. Die Vorsehung hat noch gut für Peter Lauritzen gesorgt und ihm gegeben über Bitten und Verstehen. Er gehörte zwar der dritten Rangklasse an, aber seine Seele war subaltern geblieben. Jedes Mal, wenn ihr Gelegenheit gegeben war, sich aufwärts zu schwingen, sank sie nach kurzer Anstrengung wieder zurück. Ich habe den Mann beobachtet; glauben Sie mir, Mamsell Reimers passt vortrefflich zu ihm! Und dann- dabei sah der alte Geheimrat ganz böse aus -, er konnte nicht einmal eine Geschichte erzählen!

Aber er wollte es ja! Rief die Komtess.

Er wollte Ihnen eine Geschichte erzählen, und Sie un- terbrachen ihn so oft, dass er nicht dazu kam und halb verrückt darüber wurde!

Er wollte es - ja ja, das ist richtig! - Der Geheimrat stand auf und griff nach seinem Hut. Er wollte es und ich - ich habe ihn nicht ausreden lassen! Wie ärgerlich!

Am Abend ärgerte sich der ganze Stammtisch mit dem Geheimrat, denn nun fiel es erst allen ein, dass der Etats- rat eine Geschichte hatte erzählen wollen. Aber der Är- ger half nichts. Die Geschichte des Etatsrats ist verloren gegangen, denn als nach langem Besinnen der Stamm- tisch einmal *in copore* an ihn schrieb, die Gäste wollten so gern die Geschichte von dem Regentage hören, da ant- wortete statt seiner die Frau Etatsrätin und bemerkte nur mit wenigen Worten, dass ihr Mann von einer solchen Geschichte gar nichts wisse; und da sein Kopf sehr schwach würde, so bäte sie auch, ihm keine Briefe mehr zu schreiben, da er sie ja doch nicht zu lesen bekäme.

Der Etatsrat lebte noch; doch seine Geschichte ist tot. Vielleicht ersteht sie aber noch einmal aus seinen hinter- lassenen Papieren. So hofft wenigstens der Stammtisch.

Die erste Liebe

In einem Häuschen, das etwas außerhalb der kleinen Stadt lag, wohnten der Baron und die Baronin Ravenstein. Der Baron war ein älterer, zierlich gewachsener Herr mit stark gefärbtem Schnurrbart und sehr artigem Auftreten; die Baronin mochte etwa zwanzig Jahre jünger sein als ihr Mann und konnte oft noch etwas sehr Jugendliches in ihrem Wesen haben. Sie war gutmütig und frisch, hatte Freude an Witzen und lustigen Geschichten, und die Leute sagten, sie sei viel klüger als der Baron und langweile sich mit ihm. Ob diese Behauptung richtig war, konnte aber niemand mit Sicherheit nachweisen. Jedenfalls lebte das Ehepaar in vollständiger Einigkeit nebeneinander hin, und wenn der Baron sehr regelmäßig dreimal täglich ins Wirtshaus, aber niemals mit seiner Frau spazieren ging oder sich sonst mit ihr öffentlich zeigte, so kam das einfach daher, dass er keine Zeit für sie und sie keine für ihn hatte. Das war von jeher so gewesen. Der Baron saß entweder in der Weinstube oder schrieb an einem Buche über Schusswaffen, das er schon seit Jahren in Arbeit hatte; die Baronin malte, kochte, nähte, strickte, rauchte Zigarren, pflegte arme Leute, kurz, sie tat alles, was eine Frau tun, und was sie nicht tun soll. Denn sie machte auch häufig Schulden. Ihren Mann aber schien sie niemals nötig zu haben, weder bei ihren guten noch bei ihren anfechtbaren Taten, und deshalb hatten sich alle ihre Bekannten daran gewöhnt, sie ohne ihn einzuladen und ihn niemals bei ihr im Hause zu sehen. Auf der andern Seite sprach der Stammtisch, an dem der Baron die Hälfte seines Tages verbrachte, niemals von der Baronin. Aber es gab niemand in der kleinen Stadt; der sich nicht längst an die beiden Menschen gewöhnt gehabt hätte. Sie waren eben nicht eins, sondern zwei ganz getrennte Persönlichkeiten, und das erfuhren insbesondre manchmal die Kaufleute, wenn sie sich etwa an den Baron wandten, um eine Rechnung seiner Frau Gemahlin bezahlt zu bekommen. Er drehte dann sehr nachdenklich seinen tiefschwarzen Schnurrbart und räusperte sich.

Also wieder nicht bezahlt! Wenn ich meine Frau gelegentlich sehe, lieber Herr Meier, dann will ich es ihr sagen. Ich mache mir einen Knoten ins Taschentuch, sehen Sie?

Aber der Knoten im Taschentuch half doch nichts, er sagte ihr niemals etwas, und die Lieferanten mussten schon die Baronin selbst aufsuchen.

Sie wurden dann sehr freundlich aufgenommen. Ach bitte, setzen Sie sich doch! Wollen Sie nicht eine Zigarre? Es ist eine gute Sorte – von Ihnen selbst! Ach, dabei fällt mir ein, ich habe sie wohl noch gar nicht bezahlt! Wie leichtsinnig! Sind Sie mir böse?

Der Schuldner war schon lange nicht mehr böse. Er ärgerte sich nur, dass er nicht den hundertsten Mahnbrief geschrieben hatte, anstatt sich dem Klange dieser frischen Stimme und dem harmlos freundlichen Blick dieser Augen auszusetzen. Die Baronin hatte eine merkwürdig jugendliche Stimme, obgleich sie über vierzig Jahre alt war. Nun kniete sie vor einem kleinen Schrank nieder, aus dem beim Öffnen alles Mögliche hervorquoll, und holte ganz von unten ein verstäubtes Bild hervor.

Sehen Sie, das ist eine Viehherde, die habe ich gemalt! Sie müssen es nicht verkehrt halten, dann ist es nicht zu erkennen; aber wenn Sie es gerade vor sich hinhalten und das Licht hell darauf fallen lassen, werden Sie doch die Kühe darauf sehen können! Ich werde das Bild fertig malen und es zu verkaufen suchen. Nicht wahr, Herr Meier, solange darf ich noch mit der Bezahlung der alten, dummen Rechnung warten? Oder muss ich die alten Tassen dort überm Kamin verkaufen? Sie sind das letzte Andenken von meiner Großmutter!

Nein, erwiderte Herr Meier, die Baronin möchte die Tassen nicht verkaufen. Herr Meier kam sich plötzlich wie ein Barbar vor; denn es fiel ihm ein, dass die Baronin vor einigen Wochen seinen kleinen Jungen auf der Straße mit einem Loch im Kopfe gefunden, ihn mitgenommen, ihn gewaschen und verbunden hatte. Weil er zornig auf Frau von Ravenstein war, hatte er sich nicht bedankt; nun stotterte er seinen Dank und murmelte dabei, dass er gern einen Strich durch die Rechnung machen wolle, wenn nur keine neuen Schulden aufliefen.

Die Baronin lächelte, ihre kleine Gestalt richtete sich aber sehr gerade in die Höhe.

Oh, Sie bekommen Ihr Geld schon, sagte sie mit einer Handbewegung. Es war nämlich einer von den Widersprüchen in ihrem Charakter, dass sie sich nichts schenken lassen wollte, trotz ihrer Neigung zum Schuldenmachen; und wirklich, nach einiger Zeit bezahlte sie ihre Rechnung. Der Antiquitätenhändler in Frankfurt wusste, wie sie es machte, und Herr Meier ärgerte sich, dass er sie gemahnt hatte.

So war es immer mit Frau von Ravenstein. Die Leute fanden allerhand an ihr auszusetzen, und sie hatte auch ihre unleugbaren Schwächen; aber jeder, der mit ihr in Berührung kam, musste ihr doch zugetan sein.

Es gab sogar Damen, die sie zu kopieren suchten, und zu diesen gehörte Frau von Zehleneck, eine Verwandte und Jugendbekannte Ada Ravensteins, die als Witwe in der kleinen Stadt lebte und ungemein lebenslustig war. Sie brach zwar jedes Mal in Tränen aus, wenn sie am Kirchhofe vorüberging, weil er sie an ihren toten Mann erinnerte; aber da sie diesem Manne bei seinen Lebzeiten mehrere Male fortgelaufen war, so wunderte sich niemand, wenn sie nach dem Weinen bald wieder lachte. Sie stand in dem Rufe, dass sie gern eine zweite Ehe eingegangen wäre, aber es hatte sich noch niemand gefunden, der sie hätte heiraten wollen.

Das kommt von meinen fünf Kindern, sagte sie zu Ada Ravenstein, als sie dieser einmal ihre Vereinsamung klagte. Ich hätte zwei Partien machen können, aber die Kinder! Und sie sind doch alle im Kadettenkorps oder bei Verwandten untergebracht! Ihretwegen könnte ich schon heiraten! – Bei diesen Worten sah sie in den Spiegel, der eine sehr wohlkonservierte dunkle Dame mit funkelnden Augen zurückgab. – Wahrhaftig, Ada, ich kann es noch mit manchem Backfisch aufnehmen.

Ada nickte. Sie strickte gerade für den Armenverein und war friedlich gesinnt; deshalb sagte sie nichts. Amelie Zehleneck freute sich dieses zustimmenden Schweigens und sprach weiter.

Du hast es gut, Ada! Keine Kinder, einen Mann, der sich gar nicht um dich kümmert – wirklich zu nett! Wenn ich mir denke, wie Julius manchmal mit mir war! Nun, er ist tot, Friede seiner Asche! Er ist manchmal scheußlich gegen mich gewesen, aber übers Grab hinaus trage ich ihm nicht das Geringste nach! Weißt du übrigens, dass Wally Rössing hierher zieht?

Die Baronin, die ihrer Freundin mit einem flüchtigen Lächeln zugehört hatte, blickte auf.

Graf Rössing zieht hierher? Ich habe kein Wort davon gehört!

Ja, sagte Amelie. Gestern ist schon ein Kaffee ihm zu Ehren gegeben worden, wo ausschließlich über diesen neuen Zuwachs unsrer Gesellschaft gesprochen wurde. Seine Frau ist seit einem Jahre tot, sein Sohn ist irgendwo auf der Schule oder auf der Universität – er kommt hierher! Sie seufzte und blickte wieder in den Spiegel.

Weshalb bist du denn so traurig? Fragte Ada harmlos.

Aber Liebste, du weißt doch, dass Rössing und ich eigentlich verlobt waren? Ach, es ist lange her, ich war siebzehn Jahre alt, aber ich glaube sicher, dass er meine erste Liebe war! Die seine war ich, das hat er mir damals mehr als einmal gesagt. Es wäre alles so gut gegangen, wenn nicht der dumme Krieg gekommen wäre, der uns die dänische Einquartierung bringen musste. Es war ein so niedlicher kleiner Leutnant dabei! Herr von Petersen hieß er allerdings, und ich dachte mir natürlich gar nichts bei seinen Aufmerksamkeiten, aber Wally muss sich plötzlich etwas dabei gedacht haben! Er schrieb mir einen Absagebrief; ich ärgere mich noch, wenn ich an den denke! Nun, da war die Geschichte aus, und jeder von uns heiratete einen andern!

Rössing soll sehr glücklich mit seiner Frau gelebt haben, sagte die Baronin.

Frau von Zehleneck zuckte die Achseln. So sagt man! Bemerkte sie kurz. Aber die erste Liebe bleibt doch die erste Liebe. Das musst du doch auch wissen; du warst ja ebenfalls mit einem schleswig-holsteinischen Offizier so gut wie verlobt. Ich glaube, sein Vater war Bäcker, und deine Großmutter prügelte deinen Anbeter, als die Sache herauskam. So erzählte wenigstens mein Vater.

Die Baronin hatte ihr Strickzeug in den Schoß gleiten lassen und machte ein spöttisches Gesicht.

Was dein Vater erzählte, war bekanntlich niemals wahr! Bemerkte sie gleichmütig. Du wirst dich erinnern, dass, als er tot war, keiner aus seiner Familie zur Beerdigung kommen wollte, weil jeder glaubte, er löge nur. Nein, Großmutter hat den kleinen Fritz Neumann niemals geprügelt, dazu war sie denn doch zu sehr große Dame, aber aus dem Hause komplimentiert ist er worden. Sein Vater war auch kein Bäcker, sondern ein Kaufmann und er selbst ein halber Student. Es war eine Kinderei! Setzte sie halb lachend hinzu.

Aber es war doch deine erste Liebe! Rief Frau von Zehleneck. Hast du eigentlich nie wieder etwas von ihm gehört?

Frau von Ravenstein strickte schon wieder. Ich glaube, er ist nach Amerika gegangen, antwortete sie ruhig.

Die Freundin stand auf. Also deine erste Liebe ist in die Ferne gegangen, und die meine kommt wieder. So sind die Geschicke der Menschen verschieden.

Als sie Abschied genommen hatte, saß Frau von Ravenstein einen Augenblick mit nachdenklicher Miene da und vergaß ihr Strickzeug. An den blassen schleswig-holsteinischen Offizier, der auf ihrem elterlichen Gute einquartiert gewesen war, hatte sie lange nicht gedacht. Nun stand er plötzlich vor ihr, jener lange, blonde Mensch, der so wenig sprach und keine besonders feinen Manieren hatte, der aber doch von allen wie ein Held angestaunt wurde. Denn er war von den Dänen verwundet worden, ein Held, ein Vaterlandsverteidiger! Ada hatte sich mit ihren siebzehn Jahren natürlich gleich in ihn verliebt, sie hatte von ihm geträumt und hätte sich gern von ihm entführen lassen, wenn Fritz Neumann Lust dazu gehabt hätte. So weit war es aber, Gott sei Dank, nicht gekommen. Die Baronin empfand wirklich Dankbarkeit gegen Gott bei diesem Gedanken, aber sie wurde doch auch von einer vorübergehenden Rührung erfasst, wenn sie dachte, wie unglücklich sie eine Zeit lang nach dem Abschied von ihrer ersten Liebe gewesen war. Ein dunkler Platz in der großen Allee vorm Herrenhause stand plötzlich in ihrer Erinnerung. Dort hatte Fritz Neumann ihr den ersten und letzten Kuss gegeben, und sie hatte lange Zeit nicht ohne tiefe Bewegung an diesem Fleck Erde vorübergehen können.

Ja, das waren vergangne Zeiten! Die Baronin lachte etwas vor sich hin, und als jetzt ihr Mann den Kopf in die halb geöffnete Türspalte steckte, rief sie, er möchte doch hereinkommen.

Herr von Ravenstein gehorchte sofort. Er war eigentlich nicht gewohnt, nachmittags mit seiner Frau zu sprechen, und hatte nur aus flüchtiger Neugier in ihr Zimmer gesehen. Aber er war viel zu höflich, um dem Wunsche seiner Gattin nicht zu entsprechen.

Warst du in der Weinstube, Rudolf? Fragte sie ihn jetzt.

Natürlich; da bin ich ja um diese Tageszeit immer!

War es interessant?

Der Baron sah sie etwas erstaunt an.

Ja, es war ausnahmsweise interessant, und es freut mich, dass du mich danach fragst. Zwei fremde Herren aus Hamburg waren da, wir kamen aufs Pistolenschießen zu sprechen, und ich habe ihnen etwas vorschießen müssen. Erst im Zimmer, dann im Garten. August, der Kellner, war allerdings erst etwas ängstlich, als ich ihm den Taler aus den Fingern wegschießen wollte, nachher aber besann er sich. Sehr hübsch war es, als er mir später ganz ahnungslos das Profil seiner Gestalt zuwendete, und ich ihm den obersten Knopf aus seiner Jacke schoss!

Ravenstein hatte sehr lebhaft gesprochen. Es war die größte Freude seines Lebens, weit und breit für den besten Pistolenschützen zu gelten, er übte die Kunst so oft wie möglich aus.

Seine Frau sah ihn mit einem nachsichtigen Lächeln an. Nun, wunderten sich auch die Herren aus Hamburg über dich?

Gewiss! Sie sagten, ich würde sofort eine Anstellung bei Renz bekommen. Auch die andern Bekannten lobten mich; nur der Sanitätsrat war in seiner Unkenstimmung und sagte, ich würde mich noch einmal totschießen. Aber er war schlechter Laune. Denn der alte Etatsrat, der vor einiger Zeit hierhergezogen ist, und den wir alle nicht leiden können, hat einen Podagraanfall gehabt und unsern Doktor zu seinem Leibarzt gemacht. Diese Ehre hat ihn riesig verstimmt, der Etatsrat ist eben zu langweilig.

Was wollten denn die Herren aus Hamburg hier? Fragte die Baronin, die gern etwas Neues hörte.

Es waren zwei Unterhändler, die das Gut Fresenhagen an einen reichen Herrn verkauft haben. An irgendjemand aus Amerika oder Australien, ich habe nicht darauf geachtet.

Er wird vielleicht nur aus Bremen oder Lübeck sein, meinte Ada gleichgültig.

Ihr Mann stand auf. Auch möglich, sagte er. Ich habe nicht danach gefragt. Aber es ist irgendein Fremder mit einem sehr gewöhnlichen Namen. Und nun darf ich mich wohl zurückziehen, liebe Ada? Denke dir, mir sind heute alle Kapitelüberschriften meines Buches eingefallen! Wenn ich die einmal habe, wird das Werk bald fertig sein, ich muss mich an die Arbeit setzen.

Rolf Ravenstein ging, und seine Frau legte ihr Strickzeug zur Seite und vertiefte sich in einen französischen Roman. Es war ihr ganz selbstverständlich, dass ihr Mann sich mit nichts anderm als Pistolenschießen, am Stammtisch sitzen und gelegentlich etwas Schreiben beschäftigte, und dass sie niemals über sein tatenloses Dasein nachdachte.

Diese Unterhaltung hatte im Frühling stattgefunden. Nun hatte sich ein warmer Sommer mit den milden, sonnenlosen Tagen eingestellt, wie sie im Norden so häufig sind, und die Baronin saß viel in ihrem Garten. Der war wenig gepflegt und bestand nur aus einigen zerzausten Blumenbeeten, aber er hatte eine sehr geräumige grüne Laube und einen wundervollen Blick auf den blauen Landsee und seine sanft ansteigenden Ufer. Auch der Baron war oft im Garten. Entweder schoss er hier nach Glaskugeln, die er in die Luft warf, oder er saß bei seiner Frau und sah ihr bei ihren Beschäftigungen zu. Früher hatte er das nicht getan, aber in diesem Jahre war er so allmählich in die Gewohnheit gekommen, hin und wieder mit Ada zusammen zu sein, und es gefiel ihm ganz gut. Obgleich er vor bald zwanzig Jahren nicht aus Liebe, sondern auf den Wunsch seines ältern Bruders, des Majoratsherrn, geheiratet hatte, war ihm doch das Zusammenleben mit seiner Frau immer ganz bequem gewesen. Von Liebe hatten beide niemals gesprochen. Von solchen Dingen wisse Ada noch gar nichts, hatte ihre Großmutter damals gesagt, die die Heirat zustande brachte. Ada war ein vermögensloses adliges Mädchen und musste sich freuen, eine standesgemäße Partie machen zu können.

Der Baron musste in diesem Sommer manchmal an die alte hochmütige Dame denken, vor der er immer Angst gehabt hatte. Wie gut, dass ihr Ada gar nicht ähnlich sah! Er blickte zufrieden in ihr schmales, etwas farbloses Gesicht, das sich gerade eifrig über ein Buch von David Strauß beugte. Der Pastor hatte neulich von der Kanzel davor gewarnt; nun hatte die Baronin ein Armband verkauft, um die verbotne Frucht kennenzulernen. Aber sie war nicht immer auf das Lesen versessen. Oft saß sie müßig und unterhielt sich mit Graf Waldemar Rössing, der seit einigen Wochen seinen Wohnsitz in der kleinen Stadt aufgeschlagen hatte und sie oft besuchte. Er war ein mittelgroßer Herr mit kurzgeschornen, eisgrauen Haaren und einem Raubvogelgesicht, aus dem dunkle, unruhige Augen blickten. Seine Art zu sprechen war nicht immer angenehm, da er sich über sehr viele Menschen, besonders über die Frauen lustig machte und gern kleine boshafte Geschichten von ihnen erzählte. Aber er fühlte sich doch oft einsam, und da er die Baronin von früher her kannte, so plauderte er gern mit ihr: von seinem Hause, das er sich eben gekauft hatte, von seinem Sohne, der viel Geld brauchte, von alten Familiengeschichten. Er war außerdem ein guter Menschenkenner, und Adas Charakter gefiel ihm trotz mancher Eigentümlichkeiten.

Sie sind ein merkwürdig gleichgültiges Wesen, sagte er einmal zu ihr. Ihr Enthusiasmus, Ihre plötzliche Nächstenliebe sind nur Ausflüsse von Stimmungen, und im Ganzen empfinden Sie wenig!

Sie sah ihn erstaunt und belustigt an.

Also ganz empfindungslos? Ich weiß doch nicht – sie wurde nachdenklich. Aber von Stimmungen hänge ich allerdings ab und hätte in dieser Beziehung gut ins Mittelalter gepasst. Heute könnte ich mich im Vollgefühl meiner Sünde halb tot geißeln, und morgen wüsste ich nicht wohin mit meiner Lebensfreude und Lebenslust!

Lebensfreude! Der Graf machte ein verdrießliches Gesicht. Das Wort macht Zahnschmerzen!

Besuchen Sie Amelie Zehleneck! Riet die Baronin. Dann werden Sie vielleicht etwas besser gestimmt! Sie ist schon sehr böse auf mich, weil sie meint, dass ich Sie von einem Besuch bei ihr zurückhielte!

Der Graf wurde noch grämlicher.

Mit Amelie mag ich nichts zu tun haben, sagte er. Sie hat viele Ahnen und ist vom ältesten Adel, aber sie weiß nicht, was adlige Gesinnung ist. Ich bin zwar selbst niemals viel wert gewesen, aber bei Amelie ärgere ich mich doch.

Aber sie war doch Ihre erste Liebe, platzte Ada heraus.

Eben deswegen, sagte Rössing gelassen. Wenn man merkt, dass man in seiner goldnen Jugend einen so niederträchtig schlechten Geschmack gehabt hat, dann ärgert man sich. Wäre Amelie vor zwanzig Jahren gestorben, dann würde sie in meinem Herzen mit einem kleinen Heiligenschein weiter leben. Es ist ungeschickt von ihr, dass sie nicht tot ist, denn sie ist eine wandelnde Enttäuschung für mich. Vor etwa zehn Jahren, als ich sie wiedersah, habe ich dies empfunden. Da trafen wir uns auf irgendeinem Hoffest. Sie war sehr geschminkt, kokettierte nach allen Seiten, und als sie mich sah, tat sie einen Schrei, der gefühlvoll klingen sollte. Nachher sagte jemand, sie wäre beinahe ohnmächtig geworden, weil sie ihre erste Liebe wiedergesehen hätte. Das war ich; ich schämte mich schon damals dieser ersten Liebe!

Die Baronin hatte ihrem Besuch nachdenklich zugehört. In den Romanen wird die erste Liebe immer gepriesen, sagte sie jetzt halb verlegen. Denn es kam ihr so vor, als würde sie sich auch nicht freuen, ihrer ersten Liebe wieder zu begegnen.

Man darf sie eben niemals wiedersehen! Versicherte Rössing im Weggehen, und obgleich Ada ihn einen gefühllosen Menschen schalt, war sie doch seiner Meinung.

Sie ahnte nicht, dass das stille Leben der kleinen Stadt doch noch eine Überraschung für sie zutage fördern sollte. Diese war das plötzliche Auftauchen Herrn Friedrich Neumanns, desselben Herrn, der sie einmal im Dunkeln geküsst hatte. Der Baron brachte ihn eines Tages mit nach Hause. Er war der neue Besitzer des schönen alten Gutes Fresenhagen, der an den Stammtisch der Weinstube gegangen war, um Bekanntschaften zu machen, und der mit dem Baron gleich Freundschaft geschlossen hatte. Ravenstein hatte sehr viel Interesse für Landwirtschaft. Er war vor seiner Verheiratung schon auf zwei Höfen bankrott geworden und konnte deswegen gut Ratschläge erteilen, und Herr Neumann verstand fast gar nichts von der Bewirtschaftung eines Gutes und noch viel weniger von der Behandlung seines Wildbestandes. Da war es denn gut, dass er sich gleich an den Baron wandte, der ihm mit Wonne alles sagte, was er wusste, und ihn mit sich nach Hause nahm, um ihm ein Buch über die Jagd zu leihen.

Frau von Ravenstein war im Zimmer ihres Mannes, als dieser mit dem Besuch eintrat. Sie war bei der Vorstellung sehr überrascht, fasste sich aber schnell und betrachtete nicht ohne Interesse die magre, etwas vornübergebeugte Gestalt des Jugendfreundes, den die Jahre nicht verschönt hatten. Er war noch gerade so blass wie damals, und seine hellen Augen blickten etwas verschwommen. Seine Stimme aber klang gleichmäßig ruhig, und der starke englische Akzent, den er sich angewöhnt hatte, verlieh ihm etwas angenehm Fremdartiges.

Neumann regte sich ebenso wenig bei dem Wiedersehen auf. Er sprach vollständig harmlos von den alten, vergnügten Zeiten, erwähnte häufig seine zarte Gesundheit, die ihn nötige, auf dem Lande zu leben, und legte einigen Nachdruck darauf, dass seine frühere Verwundung ihm noch immer zu schaffen mache. Diese letzte Bemerkung rührte den Baron. Er war auch schleswig-holsteinischer Freiheitskämpfer gewesen, das lustige Soldatenleben hatte ihm gut gefallen, und an seine Kameraden dachte er mit großer Freundlichkeit. Neumann war also, von Achtundvierzig her, sein Kamerad, und dass sein Kamerad vom Kriege her noch Schmerzen hatte, tat ihm sehr leid. Obgleich er sonst eigentlich niemand einlud, ihn zu besuchen, forderte er doch Neumann dringend dazu auf, und der neue Gutsbesitzer, der sich in seinem alten Herrenhause und unter den vielen neuen Menschen ungemütlich fühlte, kam nur zu gern.

Neumann war niemals ein sehr großartiger Charakter gewesen, obgleich er für die Freiheit gekämpft hatte; aber er gehörte nicht zu den schlechten Menschen. Er dachte vor allem an sich, tat aber auch andern nichts zuleide und hatte das Bedürfnis, mit gebildeten, womöglich auch vornehmen Menschen zu verkehren. Dieses Bedürfnis hatte er immer gehabt, und sein Aufenthalt im Westen von Nordamerika hatte es nicht verringert. Dort hatte er nämlich fast zwanzig Jahre gelebt und ein anscheinend recht beträchtliches Vermögen erworben. Gelegentlich erzählte er diese Tatsache, aber nichts Näheres von seinem Leben dort. Es fragte ihn auch niemand danach. Er war ein früherer Offizier und Waffenbruder Ravensteins, das war für den ausschlaggebenden Stammtisch in der Weinstube genügend; und Ravenstein machte sich von dem Leben in Amerika eine so allgemeine, freundliche Vorstellung, dass er gar nicht weiter darüber nachdachte, was man dort wohl tun könne. Nach seiner Ansicht schoss man in dem großen, fernen Lande sehr kapitale graue Bären und löschte seinen Durst später an einer Quelle, deren Steine goldhaltig waren. Dort musste man also sehr leicht reich werden können, und es tat dem guten Baron nur leid, dass er in seiner Jugend auch nicht einmal drüben gewesen war. Die Baronin hatte noch liebenswürdigere Gedanken über Amerika. Die grauen Bären waren ihr gleichgültig, sie dachte mehr an Paradiesvögel und Diamanten und an ein fröhliches, sorgenloses Leben, ohne Rechnungen und ohne Mahnbriefe. Wenn nun auch Herr Neumann gelegentlich eine Äußerung tat, die darauf schließen ließ, dass die Paradiesvögel und die Diamanten nicht gerade eine hervorragende Rolle in seinem Leben gespielt hätten, so achtete doch Ada wenig darauf. Sie war im Laufe des Sommers wieder ganz vertraut mit Neumann geworden, und wenn sie auch sein etwas ungeschicktes Wesen manchmal langweilte, so ergötzte es sie doch, ihn etwas erziehen zu können. Sie gewöhnte ihm seine englischen Redensarten, seinen schweren, englischen Akzent ab, sie gab ihm einige Anweisungen in der feinern

Redensart, und der ehemalige Leutnant lernte schnell und eifrig. Er hatte doch das Bewusstsein, dass ihm etwas abhandengekommen sei, und seine Gelehrigkeit machte der Baronin Freude. Zum Dank für ihre Geduld war Neumann der aufmerksamste Zuhörer bei den Erzählungen des Barons. Obgleich er einen guten Inspektor angenommen hatte, fragte er doch den Baron bei jeder Kleinigkeit um Rat; er ließ sich von ihm im Pistolenschießen unterweisen, obgleich er selbst ein guter Schütze zu sein schien, und er hatte eine liebenswürdige Art, Blumen oder Früchte von seinem Gute mitzubringen, die sehr angenehm war.

Ravenstein war denn auch sehr glücklich über seinen neuen Umgang. Die Baronin aber entdeckte eines Tages, dass sie Neumann überdrüssig wurde. Wenn sie über ihn nachgedacht hätte, würde ihr vielleicht zum Bewusstsein gekommen sein, dass etwas Unklares, Dunkles in seinem Charakter war, dass sie nicht ergründen konnte. Aber Ada hatte niemals Lust gehabt, nachzudenken. Er langweilte sie mit seiner trocknen Art zu sprechen, seiner Unfähigkeit, lustig zu sein – weiter nichts. Da dachte sie dann eigentlich gar nicht mehr an ihn, auch nicht, wenn er dicht neben ihr saß, und freute sich, Graf Rössing zu haben, mit dem sie plaudern und lachen konnte.

Der Graf kam oft zu ihr in die grüne Laube, um seinen Nachmittagskaffee bei ihr zu trinken, und dann wusste er immer etwas Neues. Manchmal war es etwas Trauriges, manchmal etwas Lustiges, aber es war doch eine Abwechslung, und die schönen Augen der Baronin strahlten auf, wenn sein scharfgeschnittnes Gesicht vor ihr erschien.

Sie sind meine Rettung aus Neumanns Langeweile! Sagte sie einmal zu ihm. Der Graf lachte. Schelten Sie nicht auf Neumann, ich glaube, er betet Sie an!

Mich? – Ihr Gesicht nahm einen verächtlichen Ausdruck an. Meinetwegen, setzte sie dann gleichgültig hinzu. Er ist sehr nett gegen meinen guten Rolf. Aber es ist sonderbar: Der Mensch weckt eine Sehnsucht in mir, etwas zu erleben, etwas Besondres, Merkwürdiges, wie ich es früher gar nicht gekannt habe! Ich bin ganz zufrieden mit meinem kleinen Dasein in diesem Neste gewesen. Rolf ist gut gegen mich – manchmal habe ich Sorgen, manchmal keine; manchmal bin ich mit Leidenschaft fleißig, manchmal mit Leidenschaft faul, und ich freue mich immer am Sonnenschein, am Wasser und am Buchenwald. So war es, und so sollte es bleiben bis an mein seliges Ende. Und nun ist es anders geworden. Sobald ich Neumann sehe, dann kribbelt's mich irgendwo, und ich meine, in die weite Welt zu müssen – weit, weit weg von hier!

Die Baronin hatte lebhafter gesprochen, als es sonst ihre Art war, und Rössing hörte ihr mit einem belustigten Lächeln zu. Das sind Stimmungen, wie Sie sie oft gehabt und immer gleich wieder vergessen haben, erwiderte er. Der gute Neumann ist wirklich eine so neutrale Persönlichkeit, dass ich mir einen besondern Einfluss, den er auf Sie ausüben könnte, gar nicht vorzustellen vermag.

Ja ja, es sind Stimmungen! Sagte die Baronin hastig, dann stand sie auf, um dem Besprochnen entgegenzugehen, der gerade in Begleitung ihres Mannes in den Garten trat. Herr Neumann sah allerdings noch gerade so blass aus wie bei seiner Antrittsvisite, aber ganz so neutral, wie ihn der Graf nannte, war er denn doch nicht. Er war bereits etwas lebhafter in seinem Auftreten geworden, und der Umgang mit den adligen Herren schien ihm recht angenehm zu sein. Jedenfalls suchte er sich immer von seiner liebenswürdigsten Seite zu zeigen, und heute kam er mit einer dringenden Einladung für Ravenstein und den Grafen. Beide sollten ihn an einem der folgenden Tage zum frühen Mittagessen besuchen und ihm wegen der Anlage eines Wildparks mit ihrem Rate zur Seite stehen.

Seine Einladung wurde freundlich angenommen. Auch Graf Rössing hatte seine Schwächen und sah gern anerkannt, dass er von der vornehmen Führung eines Gutes am meisten verstand.

Die kleine Gesellschaft im Garten war also sehr heiter. Der Baron hatte einen Kasten mit Glaskugeln geholt, warf sie in die Luft und schoss danach. Er traf sie allemal, und Neumann, der es ihm nachzumachen versuchte, ärgerte sich ein wenig, dass er, der so gut mit Pistolen zu schießen verstand, es dem Baron doch nicht gleichtun konnte. Aber der Ärger war nur vorübergehend, denn plötzlich erschien ein Besuch, der Fritz Neumanns Interesse erregte. Es war Frau von Zehleneck, sehr jugendlich gekleidet und unter einem weißen Schleier so hübsch zurechtgemacht, dass sie selbst dem aufmerksamen Beschauer kaum dreißig Jahre alt erschien.

Amelie war lange nicht bei ihrer Freundin gewesen. Sie legte es ihr zur Last, dass Graf Rössing ihr bis dahin noch keinen Besuch gemacht hatte, und erging sich, andern Menschen gegenüber, in sehr bittern Bemerkungen über die Baronin. Auf die Länge aber sagte ihr der Zustand des Beleidigtseins nicht zu, und da sie gehört hatte, dass sowohl der Graf wie der reiche fremde Gutsbesitzer oft am Nachmittage bei Ada zu finden seien, so stellte auch sie sich ein.

Die Baronin begrüßte ihre Freundin mit ruhiger Freundlichkeit und wandte sich dann zu den Herren. Ehe sie aber ein Wort der Vorstellung sagen konnte, war Amelie mit ausgestreckten Händen auf den Grafen zugegangen.

Wir kennen uns, lieber Graf, sagte sie mit zitternder Stimme und einem sentimentalen Augenaufschlag.

Gewiss, Gnädigste, wir kennen uns sogar sehr gut! Versetzte der Angeredete, sich kurz verbeugend. Er schien die ausgestreckten Hände nicht zu sehen und lächelte so eigentümlich, dass ihn Frau von Zehleneck unsicher anblickte und sich gleich zu Herrn Neumann wandte.

Dieser war nicht so abweisend wie Rössing. Er hatte schon unausgesetzt die großgewachsne und noch sehr schlank gebliebne Gestalt der auffallend gekleideten Dame betrachtet und sah ihr jetzt fest in die dunkeln Augen. Bald saß er neben der neuen Erscheinung und hörte andächtig auf ihre Unterhaltung.

Frau von Zehleneck hatte sehr viel vornehme Familienverbindungen, besonders nach Dänemark hin, und sie erzählte lebhaft von ihnen, als sie merkte, wie viel Eindruck sie damit hervorbrachte. Lehnsgrafen und Barone,

Minister und Generale, ja sogar einige Prinzen flogen nur so um Neumanns Ohren, sodass er sich ganz dem gewöhnlichen Erdenleben entrückt vorkam. Gelegentlich erzählte Amelie auch, dass ihre fünf Kinder nicht bei ihr lebten, weil sie immer bei den Verwandten sein sollten. Aber darauf hörte Neumann nicht; er dachte nur an die vornehmen Leute, mit denen er vielleicht einmal bekannt werden könnte, und die blitzenden Augen der Dame gefielen ihm gut.

Am die Baronin bekümmerte er sich heute gar nicht. Diese fühlte sich aber nur erleichtert, dass er anderweitige Beschäftigung gefunden hatte. Ravenstein hatte sich wieder seinen Pistolen zugewandt. Er war sehr guter Laune, weil er fast keine Glaskugel verfehlte, die Rössing in die Luft warf, und erzählte dabei kleine, unbedeutende Geschichten, die weder Anfang noch Ende hatten, denen aber der Graf doch gutmütig zuhörte.

Der Sanitätsrat behauptet immer, ich schösse mich noch einmal tot, sagte der Baron. Der Sanitätsrat ist eine alte Unke! Die Hamburger sagen, ich würde bei Renz Riesenerfolg haben.

Eins von beiden würde ich einmal versuchen, murrte Rössing etwas ungeduldig.

Ravenstein lachte. Da wäre es denn doch noch zweifelhaft, welches denn von beiden das größere Übel wäre. Was meinst du, Ada? Sagte er, indem er sich zu seiner Frau wandte, die sich neben die Herren gestellt hatte.

Mit ernsthaften Dingen soll man keinen Scherz treiben, erwiderte sie unmutig.

Aber es wäre doch kein ernsthaftes Ding, wenn ich im Zirkus Kunstschütze würde! Rief der Baron. Ich würde vielleicht meine Finanzen dabei in Ordnung bringen!

Das würde dir schwerlich gelingen, sagte Ada lächelnd. Du weißt, wir können beide nicht mit Geld umgehen!

Er nickte etwas bekümmert, da ihm einfiel, dass er heute gerade um eine bedeutende Summe gemahnt worden war und nicht wusste, wie er sie aufbringen sollte. Er hatte gerade gar kein Geld, und der Majoratsherr, sein Bruder, konnte ihm auch nicht helfen.

Erschießen ist eigentlich ein anständiger Tod, begann er plötzlich, und der Sanitätsrat sagt –

Seine Frau legte ihm die Hand auf den Arm.

Du sollst nicht solche hässliche Sachen sprechen, Rolf! Denkst du denn gar nicht an deine Frau?

Er sah sie freundlich, wenn auch etwas erstaunt an. An dich? Nun natürlich, Ada. Du hast eigentlich einen bessern Mann verdient, einen, der etwas könnte und etwas hätte! Sieh mal, Rössing, da fliegt eine Taube! Jetzt soll die mal ihr Leben lassen!

Der Graf hatte die letzte Unterhaltung des Ehepaares nicht mit angehört. Er war an eines der Beete getreten und hatte sich eine Rose ins Knopfloch gesteckt. Nun schoss der Baron, und schwer fiel die Taube auf die Rosenbüsche.

Bald darauf gingen beide Herren mit Neumann in die Weinstube. Neumann war anfangs tief in Gedanken versunken; erst als das Ziel fast erreicht war, wandte er sich an den Grafen.

Ist Frau von Zehleneck wirklich Witwe? Fragte er.

Ganz gewiss und wahrhaftig! Lautete die in etwas spöttischem Tone gegebne Antwort. Nette Dame, wie?

Sehr nett! Bestätigte Neumann mit einem Anflug von Begeisterung. Dann wurde er aber gleich wieder bedächtig. Sie erinnert mich an eine andre, hm, an eine andre Dame, mit der ich früher verkehrt habe.

Wird eine schöne Pflanze gewesen sein! Dachte Rössing, aber er sagte es nicht. Wenn Neumann ein Gimpel war und sich fangen ließ, dann war es seine eigne Sache.

Als er am folgenden Tage bei Ravensteins vorsprach, um mit dem Baron die gemeinschaftliche Fahrt nach Fresenhagen zu verabreden, fand er diesen nicht zu Hause, und Ada war in gedrückter Stimmung. Zuerst wollte sie nicht sagen, was sie verstimmte, allmählich aber kam es doch heraus.

Rolf und ich sind beide in scheußlicher Geldverlegenheit, Graf! Ihnen kann ich es ja gestehen. Sie gehören, Gott sei Dank, nicht zu den taktvollen Menschen, die einem nach solchem Geständnis anonym hundert Taler schicken oder einem sagen, sie hätten selbst so viele Ausgaben, sie könnten nicht helfen, kurz, die einen nur demütigen. Lachen Sie mich aus – das wird mir gut tun, denn ich bin sehr traurig. Wo bleibt alles Geld, das ich in die Finger bekomme? Vor zwei Jahren erbte ich von Tante Leonore fünftausend Taler; wenn ich von dieser Summe heute auch nur noch eine Mark mein eigen nenne, dann will ich sie in Gold fassen und mit Diamanten besetzen lassen!

Auf Borg? Fragte der Graf lachend, und als sie vollkommen ernsthaft zustimmte, sagte er tröstend: Hoffentlich ist bald einmal eine alte Erbtante von Ihnen so freundlich, das Zeitliche zu segnen! Dann sind Sie wieder von aller Not befreit!

Ach, reden Sie nicht so hässlich! Unterbrach ihn Ada. Ich möchte selbst nicht sterben, wie kann ich das andern wünschen? Die schwarze Erde kommt früh genug! – Sie schauderte ein wenig. – Nein, da opfere ich lieber meinen Restbestand Meißner Porzellan! Der Mann in Frankfurt bezahlt recht gut, und schließlich habe ich noch immer Geld gehabt, meine Schulden zu bezahlen, wenn es auch manchmal lange genug dauerte, bis alles wieder in Ordnung kam. Am Ende kommt alles besser, als man denkt!

Mit diesen Redensarten tröstete sie sich selbst, und als ihr der Graf nun eine lustige Geschichte erzählte, wurde sie wieder ganz vergnügt.

Rössing war aber doch nachdenklich, als er seine Freundin verließ. Er hätte ihr gern geholfen, wenn es in seiner Macht gestanden hätte, aber er hatte auch nur bescheidne Mittel und musste für seinen Sohn sparen, der trotz seiner Jugend ziemlich viel Geld brauchte. Außerdem gehörte er auch nicht zu den Naturen, die sich viel Sorgen machen. Als er an einem der folgenden Tage mit Ravenstein nach Fresenhagen zu Neumann hinausfuhr, war er sehr guter Laune, und auch der Baron blickte vergnügt um sich, während der Wagen durch Wald und Flur dahinrollte.

Famoses Wetter! Sagte er. Und wie der Weizen herrlich steht! Gerade so wie auf meinem ersten Hofe, wo die Bauern weither kamen, um meine Felder herumgingen, die Pfeife im Munde, und bei jedem dritten Schritt ausspuckten. Denn sie konnten sich nicht denken, dass ein Baron etwas von der Landwirtschaft verstehe. Nun – bankrott bin ich ja auch zweimal geworden. Doch es kam nicht vom Weizen, ich weiß nicht, woher es kam! Aber wenn ich einen Taler in der Tasche habe, dann brennt es mich, bis ich ihn habe fliegen lassen! Er sah so zufrieden bei diesem Bekenntnis aus, dass Rössing lachen musste.

Nun, heute wirst du wohl nicht gebrannt, du scheinst ganz erleichtert zu sein!

Ravenstein machte eine Handbewegung. Pah – sprechen wir nicht vom Gelde – wir können ohne Mammon leben! Ich bin immer froh, wenn ich nichts in der Tasche habe!

Er sprach harmlos, aber der Graf dachte plötzlich an Adas sorgenvolles Gesicht und ärgerte sich über den Freund.

Du hättest eigentlich nicht heiraten sollen, sagte er mit etwas scharfem Ton. Die arme Ada!

Ravenstein, der zufrieden in die grüne, sonnenbeglänzte Welt um sich geblickt hatte, wiederholte das Wort halb in Gedanken.

Die arme Ada? Nun ja – er stockte einen Augenblick. Sie hat's eigentlich nicht sehr glänzend bei mir gehabt.

Im Grunde genommen wollte ich auch gar nicht heiraten, und alles kam nur, weil mein Bruder mir zuredete, und Adas Großmutter es gleichfalls zu wünschen schien. Die arme Ada! Sie hätte einen bessern Mann bekommen können – aber sie ist immer sehr gut gegen mich gewesen. Wer weiß; vielleicht kommt noch einmal ein Glück für sie. Wer weiß! –

Er hatte langsam, halb träumend gesprochen. Den Grafen überkam die unangenehme Empfindung, als hätte er ein Kind geschlagen, das sich nicht wehren kann. Darum legte er halb zärtlich die Hand auf Ravensteins Schulter. Sei nicht verdrießlich, Alter! Du und deine Frau, ihr seid beide reizende Menschen, und ich wünschte nur, ihr könntet etwas besser mit dem Gelde umgehen!

Da steht Rehwild! Rief der Baron hastig. Eine Ricke mit zwei Kälbchen – siehst du sie?

Der Wagen fuhr jetzt schon durch parkartige Anlagen, und, sehr bald hielt er vor dem alten Fresenhagner Herrenhause, einem roten Backsteinbau aus dem achtzehnten Jahrhundert mit einigen Sandsteinverzierungen im Zopfstil.

Herr Neumann stand oben an der Treppe und empfing seine Gäste mit großer Höflichkeit. Obgleich ihn keinen Augenblick seine ruhige Bedächtigkeit verließ, merkte man ihm doch an, wie ihn der Besuch der zwei Herren erfreute. Er selbst war im Gesellschaftsanzug, und seine Augen leuchteten befriedigt, als er sah, dass die Gäste den Frack angelegt hatten, und dass der Graf sogar einen kleinen Orden um den Hals trug.

Er hatte für die glänzendste Aufnahme gesorgt. Die kleine Tafel in dem großen Gartensaal, an dessen Wänden allerlei Stuckverzierungen und sehr viele Spiegel angebracht waren, funkelte von Kristall und Silber; alle Speisen waren mit großer Sorgfalt zubereitet, und eiskalt perlte der Sekt in den flachen Schalen. Während die drei Herren in dem kühlen Gemach fröhlich allem Guten zusprachen, hatten sie durch die weit offenstehenden Gartentüren einen köstlichen Ausblick auf die grünen Rasenflächen des Parks und das verschiedne Laub seiner Baumgruppen. Die Sonne strahlte vom Himmel, die Vögel sangen, die ganze Welt schien im Frieden zu liegen und zur Freude aufzufordern.

Neumann war ein sehr aufmerksamer Wirt; als der Baron sich mit den andern von der Tafel erhob, hatte er das Gefühl, als hätte er unglaublich viel Champagner getrunken. Aber er bemerkte zufrieden, dass er ihn noch vertragen konnte, und er gar nicht auf unsinnige Gedanken kam, wie ihm das wohl ehemals nach reichlichem Weingenuss passiert war. Er trat mit Rössing auf die Gartenterrasse hinaus, wo der Kaffee eingenommen werden sollte, und setzte sich in einen Schaukelstuhl. Er war sehr vergnügt gewesen, so heiter wie lange nicht. Es kam wohl daher, dass er gar kein Geld mehr hatte. Das gab ihm ja immer ein Gefühl der Erleichterung. Träumerisch blickte er in den hellblauen Himmel über sich, an dem kleine weiße Wolken zogen, dann sagte er plötzlich: Arme Ada! Aber kein Mensch hörte auf ihn; Graf Rössing hatte sich an das entfernteste Ende der Terrasse gesetzt und ein Kissen unter seinen Kopf geschoben. Er war schläfrig geworden und wollte einen Augenblick nachdenken.

Neumann war ins Haus gegangen. Als er zurückkehrte, brachte er mehrere Kisten Zigarren und ein blank poliertes Kästchen, das er vor den Baron stellte. Dieser öffnete es halb in Gedanken, wurde aber dann aufmerksam und griff nach dem Inhalt. Es waren zwei kleine, zierlich ausgelegte Pistolen von ganz besondrer Form und sehr schöner Arbeit; beide doppelläufig und geladen.

Russische Waffen, erklärte Neumann, der die Liebhaberei des Barons kannte und Lust verspürte, die beiden kostbaren Stücke den Herren zu schenken. Er wusste nur nicht recht, wie er es anfangen sollte, und schob die Absicht vorläufig hinaus.

Inzwischen kam der Kaffee, und nachdem der Baron eine Tasse getrunken hatte, erfasste ihn seine alte Neigung zum Schießen. Im Sitzen schoss er zwei Sperlinge tot, die über den Dachfirst zu den Herren heruntersahen, dann eine Schwalbe im Fluge. Darauf griff er nach der zweiten Pistole und ging die Treppe der Terrasse hinunter, in den Garten. Dabei pfiff er leise vor sich hin und schien nach einem Ziele für die nächsten Schüsse zu spähen. Dann verschwand er in einem Boskett, und gleich darauf hörte man einen Schuss.

Dieser Mörder! Sagte der Graf halb verdrießlich. – Er war plötzlich wach geworden und griff nach Kaffee und Zigarre. – Nun hat er wieder einem armen Vögelchen das Lebenslicht ausgeblasen! Wenn wir öfter kommen sollten, dann müssten Sie dem Baron Glaskugeln halten!

Das werde ich mit dem größten Vergnügen tun, versicherte Neumann, obgleich es ja den Vögeln eine Freude sein muss, von der Meisterhand des Herrn Baron zu fallen.

Rössing gähnte. Wenn er mit Neumann allein war, fand er ihn langweilig, und solche abgeschmackte Sätze fielen ihm auf die Nerven. Nachdem beide Herren noch eine Zeit lang über gleichgültige Dinge gesprochen hatten, stand der Graf auf.

Wo steckt Ravenstein eigentlich? Er kann doch dort im Boskett nicht darauf lauern wollen, ein Wild mit seiner Pistole zu schießen?

Es steht eine Bank unter den Bäumen, erwiderte Neumann. Vielleicht hat er sich einen Augenblick zurückgezogen, um etwas zu schlafen.

Beide Herren schritten langsam über den knirschenden Kiesboden, bis sie an die Büsche und Bäume kamen, wohin Ravenstein gegangen war. Jelängerjelieberstauden, Jasmin- und Fliederbüsche standen eng zusammen, und über ihnen erhoben sich einige Ahornbäume. Es war eine kleine Wildnis, aber in der Mitte stand, von Rasenflächen umgeben, eine Bank. Vor ihr lag der Baron. Sein Kopf ruhte auf abgefallnen Jasminblüten, und seine Augen waren weit geöffnet.

Als der Graf mit einem Schreckenslaut auf ihn zustürzte, versuchte er zu lächeln. Ada, arme Ada! Murmelte er, die Hand hebend. Es war, als wenn er noch mehr sagen wollte, aber er konnte die Worte nicht mehr formen. Zwei, dreimal setzte er an, dann gab er den Versuch auf.

Er sprach auch nicht wieder, obgleich er noch einige Stunden lebte. Er war durch die Lunge geschossen, und der Sanitätsrat, den man durch einen Zufall, als man nach einem Doktor eilte, auf der Landstraße getroffen hatte, nahm an, dass er mit der Pistole in der Hand gestolpert sei. So war es auch wohl: Niemand konnte sich etwas andres denken. Graf Rössing und Neumann mussten beide zugeben, dass der Baron sehr viel Champagner getrunken hatte und vielleicht nicht ganz sicher gewesen sei. Vielleicht hatte er den Hahn der Pistole gespannt, um einen Vogel zu schießen, hatte es aber vergessen, um gleich darauf durch eine unvorsichtige Bewegung zu fallen. Vielleicht – ach es gab noch viele Vielleicht. Nur das eine war bald eine traurige Gewissheit: ein toter Mann im Nebenkabinett des Gartensaals!

Es war ein kleines, dürftig möbliertes Zimmer, in das man Ravenstein getragen hatte. In die Wände waren ebenfalls Spiegel eingelassen, die mit halb blinden Augen auf den stillen Gast herabblickten.

Rössing hatte eine ganze Weile neben seinem toten Freunde gesessen, obgleich er dem Tode immer vorsichtig aus dem Wege gegangen war. Er hatte lange mit dem alten Sanitätsrat gesprochen, der sich, trotz aller Trauer über diesen Unglücksfall, nicht einer gewissen Befriedigung darüber erwehren konnte, dass seine Prophezeiung, der Baron würde sich noch einmal selbst erschießen, in Erfüllung gegangen war. Nun, wo er doch nichts mehr machen konnte, musste er endlich weiter zu einem Schwerkranken fahren, und Rössing ging langsam in das anstoßende Zimmer.

Hier saß Neumann, den Kopf in die Hand gestützt, und blickte finster in den Park. Die Schatten des Abends begannen über den Rasen zu fallen, und durch die Bäume ging das leise Rauschen des Windes. Der Besitzer von Fresenhagen war so blass und verstört, dass ihn der Graf mit Teilnahme betrachtete. Er selbst hatte sein Gleichgewicht noch nicht wieder erlangt, und es berührte ihn angenehm, dass auch der Fremde so erschüttert war.

Ich muss in die Stadt fahren, um die Baronin vorzubereiten, sagte er.

Ein entsetzliches Unglück! Murmelte Neumann. Und dass es gerade bei mir geschehen musste! Meine Pistolen! Was werden die Leute sagen! Ich werde gewiss Unannehmlichkeiten haben!

Unannehmlichkeiten! Der Graf, der sich neben Neumann gesetzt hatte und manchmal leise aufstöhnte, sah ihn fragend an.

Nun ja, hier in Deutschland kommt bei allen solchen Fällen doch sofort das Gericht und steckt seine Nase hinein. Mit diesen Leuten mag ich nichts zu tun haben.

Neumann hatte heftiger gesprochen, als es sonst seine Gewohnheit war; nun stand er auf und ging im Zimmer hin und her. Der Graf sah ihn mit seinen scharfen Augen an und vergaß für einen Augenblick seine Trauer.

Das Gericht wird Ihnen nichts anhaben können, bemerkte er ruhig. Die Herren werden wohl herkommen und sich die traurige Geschichte von uns erzählen lassen; weiter kann aber doch gar nichts geschehen.

Sehr unangenehm! Sagte Neumann stehen bleibend, indem er die Augen starr auf einen Punkt heftete.

Der Graf blickte ihn noch einmal an. Sind Sie so bange vor den Gerichten? Fragte er etwas spöttisch.

Neumann biss sich auf die Lippen. Ich? Bange? Warum sollte ich bange sein! Ich mag nur mit diesen Leuten nichts zu tun haben, wie ich schon einmal sagte. Aber Sie haben recht: Ich muss leider Ihren Wagen bestellen.

Während Neumann das Zimmer verließ, legte der Graf beide Hände vor die Augen. Er war kein Gefühlsmensch und lachte oft über die Sentimentalität unsrer Tage. Aber wie er sich vorstellte, dass er nun mit der schrecklichen Botschaft vor Ada treten sollte, zitterte ihm doch das Herz in der Brust.

Aber es kam besser, als er gedacht hatte. Ada wollte zwar zuerst nicht fassen, dass das Entsetzliche wahr sei, war dann tieftraurig und gebeugt, aber doch von Anfang an gefasst. Sie bekam keine Weinkrämpfe, wie sie der Graf allen Frauen bei einer Trauerbotschaft zutraute; sie warf sich nicht auf die Erde und raufte ihr Haar: Sie saß nach den ersten Schreckenslauten ganz still und faltete die Hände.

Er war immer sehr gut, wiederholte sie, während ihre Tränen leise flossen – mehr sagte sie nicht über ihren Mann.

Es war nur eine kleine Grabrede, aber sie gefiel dem Grafen doch nicht schlecht. Als nach einigen Tagen der Hauptpastor des Ortes dem Baron die Trauerrede hielt und es für seine Pflicht hielt, den Toten nach allen Richtungen zu loben, obgleich er ihn bei Lebzeiten nicht hatte ausstehen können, da musste Rössing wieder an die Worte der Frau von Ravenstein denken, die so wenig und doch alles enthielten, was vom Baron gesagt werden konnte.

Ada war auch sonst keine untröstliche Witwe. Sie war eben für die Veränderung, und der Umstand, dass sie so viel Beileidsschreiben und Besuche erhielt, tat ihrem Herzen wohl. Und obgleich ihre Finanzen durch den Tod ihres Mannes noch viel schlechter geworden waren, bestellte sie doch gleich ein teures Grabmal für ihn. Stundenlang konnte sie jetzt sitzen und über die Inschrift darauf nachdenken. Sie las bei dieser Gelegenheit viele Kapitel der Bibel durch, und wenn sie nicht mehr lesen mochte, dann ging sie langsam in ihrem kleinen Garten auf und nieder. An dem Platz, wo Ravenstein nach Glaskugeln geschossen hatte, stand sie manchmal eine Viertelstunde und sah ernsthaft vor sich hin.

Als der Herbst kam, musste Rössing seiner Gesundheit wegen nach dem Süden. Er tat es widerstrebend; ihm kam es vor, als ließe er die Freundin sehr einsam zurück. Sie sagte aber kein Wort, als er Abschied nahm, und als er von ihrer Einsamkeit sprach, nickte sie nur flüchtig.

Es ist manchmal ganz gut, allein zu sein und ein wenig nachdenken zu können! Sagte sie.

Rössing hatte das unangenehme Gefühl, dass sie ihn nicht einmal entbehren würde. Da ging er denn verdrießlich fort und schalt auf alle Weiber.

Nachdem er abgereist war, machte Neumann bei Frau von Ravenstein einen Besuch, und sie nahm ihn freundlich auf. Er war nur zum Kondolieren bei ihr gewesen und hatte sich seitdem von der Stadt und ihrem Umgang ferngehalten. Mit dem Baron Ravenstein war ihm auch der beste Freund vom Stammtisch verloren gegangen; den andern Herren stand er unsicher gegenüber, und der Graf Rössing hatte etwas Unheimliches für ihn bekommen. So hatte er in Zurückgezogenheit gelebt, obgleich ihn das Gericht, wie es natürlich war, wegen Ravensteins Tod nicht belästigt hatte, und erst als er hörte, dass der Graf abgereist sei, meldete er sich wieder bei der Baronin.

Seine Gedanken waren oft bei der liebenswürdigen, noch immer jugendlichen Frau gewesen. Die Stunden bei ihr standen ihm in angenehmster Erinnerung, und auf Fresenhagen fühlte er sich einsam. Als er sie nun vor sich sah, in tiefe Trauer gekleidet und doch freundlich, da bewegte sich etwas in seinem Innern, das er schon lange vergessen geglaubt hatte. Es fiel ihm plötzlich ein, dass Ada seine Jugendliebe gewesen sei, dass sie noch sehr gut aussehe, und dass es für ihn nur angenehm sein könne, eine vornehme Frau zu heiraten. Seine Stellung würde in der ganzen Gegend eine andre werden, wenn er mit dem halben Adel versippt und verschwägert würde, er selbst wäre nicht mehr einsam, und außerdem tue er ein gutes Werk. Denn alle Welt sprach von Adas Schulden, die schon lange selbst das den vornehmen Leuten erlaubte Maß überschritten hatten.

Trotz seiner äußern Bedächtigkeit war Neumann doch ein Mann schneller Entschlüsse. Er besuchte Frau von Ravenstein eine Woche hindurch jeden Tag, und da er sich nicht anstrengte, unterhaltend zu sein und auch nicht lange blieb, so machte er keinen ungünstigen Eindruck auf sie. Er sprach jedes Mal vom Baron, und seine ruhige, anscheinend mitfühlende Art rührte die verwitwete Frau. Nachdem die erste Neuheit von ihrer Trauer abgestreift war, bekam sie nicht mehr viel Besuch und hatte oft einsame Stunden. Nun kam Neumann und zeigte ihr seine Treue. Das war immerhin gut von ihm; und als er nun, nach achttägigem täglichen Sehen, alles Ernstes um ihre Hand anhielt, fiel Ada nicht gleich in Ohnmacht, wie sich dies für eine eben verwitwete Frau wohl geschickt hätte, sondern sie hörte ihm schweigend zu.

Für eine ältere Dame ist es nie ohne Reiz, einen Heiratsantrag zu bekommen, und Neumann sprach sehr vernünftig. Die Liebe ließ er ganz aus dem Spiel; nicht einmal von der ersten sprach er, weil er schon gar nicht mehr an sie dachte, aber seine Worte klangen doch wohltuend. Er wollte nicht von einer baldigen Vereinigung reden, da diese keinesfalls vor Ablauf des Trauerjahres erfolgen durfte und auch dann noch hinausgeschoben werden konnte; er wollte nur das Recht haben, Frau von Ravenstein als Freund und Berater zu besuchen und ihr nahezustehen, bis sie ihn endlich vielleicht würdig finden würde, ihm ihre Hand zu reichen und Herrin von Fresenhagen zu werden. Er sprach wirklich gut und mit einer leichten Verlegenheit, die ihm nicht schlecht stand, und die daher kam, dass er die Verbindung mit Ada augenblicklich sehr lebhaft wünschte und immer fürchtete, sie würde Nein sagen. Aber das tat sie doch nicht. Sie machte allerdings ein etwas zweifelndes Gesicht und seufzte mehrere Mal, als wenn sie sich nicht recht entschließen könnte; dann aber streckte sie

Neumann zögernd die Hand entgegen. Sie dachte plötzlich an ihre erste Liebe und daran, dass es doch eigentlich lustig sei, ihr wieder zu begegnen. Was ihre Großmutter wohl gesagt haben würde! Das war eigentlich der Grundton ihrer Gedanken und stimmte sie heiter. Es war eine ruhige Verlobung. Weder Neumann noch die Baronin machten viel Gefühlsaufwand. Er war zufrieden, dass er bald in der adligen Gesellschaft festen Fuß fassen würde, wie es sich für einen Gutsbesitzer gehörte, und als er sich von seiner Braut trennte und über die Straße nach dem Wirtshaus ging, wo sein Wagen stand, pfiff er ein Lied vor sich hin, was ihn selbst so überraschte, dass er einen Augenblick stehen blieb und nachdachte, was denn eigentlich passiert sei. Dann pfiff er weiter.

Die Baronin war, nachdem sie Neumann verlassen hatte, in das Zimmer ihres verstorbenen Mannes gegangen. Es war ein sehr einfach eingerichtetes Gemach, mit einem alten Schreibtisch aus Tannenholz und einem Reitstuhl davor, der ehemals vielleicht gute Tage gesehen hatte. Nun war er alt und schäbig wie die ganze andre Einrichtung. Nur an den Wänden hingen einige schöne Waffen, und auf dem Schreibtisch lagen beschriebne Blätter. Das war das Buch über Waffenkunde, das der Baron seit zwanzig Jahren hatte schreiben wollen, über dessen Anfang er aber nie weit hinausgekommen war, obgleich auf einem der Blätter alle Kapitelüberschriften aufgezeichnet standen. Die Baronin wischte hier täglich den Staub ab, gerade so wie bei Lebzeiten ihres Mannes, und gerade so wie sonst lachte sie auch in dieser Zeit gutmütig über die kleinen literarischen Versuche, auf die Ravenstein so stolz gewesen war. Heute aber setzte sie sich in einen knarrenden Korbstuhl und weinte. Da aber niemand sie fragte, weshalb sie so traurig sei, so sagte sie es auch keinem.

Frau von Zehleneck war eine Zeit lang verreist; als aber der Herbst herannahte, kehrte sie zurück. Sie war sehr verstimmt weggegangen, weil sich Graf Rössing nicht um sie bekümmert hatte, ihre Laune wurde auch nicht besser, als sie bei ihrer Rückkehr erfuhr, er halte sich im Süden auf. Obgleich sie auf fünf Gütern zu Besuch gewesen war und ein ganzes Arsenal von Schönheitsmitteln verbraucht hatte, war es ihr doch schließlich klar geworden, dass diese Mittel ihren Zweck verfehlt hatten. Sie hätte mit ihrer Hilfe gern einen Mann gefangen, aber es hatte sich kein Mann fangen lassen.

Als sie nun an einem grauen Novembertage ihre Freundin Ada besuchte, lag die Welt ebenso grau vor ihr, und ihre Stimmung war so trübe, dass sie beinahe weinte.

Das Leben ist doch eine fatale Einrichtung! Klagte sie nach der ersten Begrüßung. Man wird alt, die Kinder werden schauderhaft groß, und man weiß nicht, was man mit sich anfangen soll.

Ada fühlte sich selbst nicht ganz frisch, und wenn es ihr auch nicht ganz klar war, was ihr fehlte, so konnte sie doch begreifen, dass andere Menschen gerade so wie sie das Leben langweilig fänden.

Wo sind deine schönen silbernen Armleuchter geblieben? Fragte Amelie, die Luchsaugen hatte und jede Lücke bemerkte.

Die Baronin zuckte die Achseln. Man muss sein Herz nicht an tote Gegenstände hängen, selbst wenn sie von Silber sind, sagte sie leichthin. Damit wusste Frau von Zehleneck, dass die alten, schön gearbeiteten Erbstücke verkauft seien. Dieser Gedanke heiterte sie etwas auf: sie hatte es gern, wenn es andern Leuten auch nicht besonders gut ging; und als sich nun vollends die Tür öffnete und Herr Neumann eintrat, wurde sie geradezu fröhlich. Reiche und ledige Gutsbesitzer waren für sie das Anziehendste, was es auf der Welt geben konnte; sie bedauerte nur immer, dass auf dieser armen Welt nur so wenig bevorzugte Menschen zu finden seien.

Bald waren Herr Neumann und Frau von Zehleneck in angenehmster Unterhaltung. Obgleich sie sich nur einmal gesehen hatten, war es doch, als kennten sie sich schon lange, und sie fanden die verschiedenartigsten Gesprächsstoffe. Sehr bedeutend war ihre Unterhaltung nicht; die funkelnden Augen Frau von Zehlenecks taten aber das ihrige, und Ada, die sich etwas abseits gesetzt hatte, seufzte erleichtert auf. Seit den vierzehn Tagen, die sie nun mit Neumann heimlich verlobt war, hatte sie sich schmählich mit ihm gelangweilt, ja manchmal war es ihr vorgekommen, als hätte er dasselbe öde und stumpfsinnige Gefühl, mit dem sie zu kämpfen hatte. Das war aber ein Irrtum gewesen. Neumann langweilte sich nicht bei der Baronin, oder wenn er es tat, dann hatte er niemals etwas andres getan. Aber er fühlte sich nicht ganz unbefangen in ihrer Gegenwart: es war ihm immer, als erwartete sie mehr von ihm, als er geben konnte, und diese Empfindung trug nicht zu seinem Behagen bei. In Frau von Zehleneck fühlte er mit richtigem

Instinkt etwas Verwandtes; er und sie verstanden sich schnell.

Du solltest mich bald einmal wieder besuchen! Sagte Ada, als Neumann fort war und nun auch Frau von Zehleneck sich anschickte, Abschied zu nehmen.

Ich komme morgen wieder! Rief Amelie und umarmte die Freundin gerührt. – Sie wurde immer gerührt und zärtlich, wenn sie einen Mann zu erobern hoffte. Dieser Neumann ist wirklich sehr nett! Fuhr sie fort. Wie hübsch von ihm, dass er dich oft zu besuchen scheint. Natürlich tut er es, weil dein guter Mann bei ihm gestorben ist. Wirklich sehr rücksichtsvoll! So etwas findet man nicht leicht bei der heutigen Männerwelt!

Als Frau von Ravenstein allein war, versuchte sie gleichfalls, Günstiges über Neumann zu denken. Aber es wurde ihr schwer. Besonders, weil sie ungern an ihn dachte. Manchmal nahm sie sich fest vor, wenigstens zehn Minuten an ihn zu denken, aber länger als eine Minute hatte sie es noch nie fertiggebracht. Sie wusste es nach der Uhr. Die Gedanken zerflatterten ihr fortwährend, und wenn sie sich besann, woran sie eigentlich gedacht hatte, war es immer ihr Mann gewesen. Sie sah ihn beständig vor sich: wie er mit seinen Pistolen geschossen, wie er so glücklich an seinem Buche geschrieben hatte, wie er immer zufrieden und gut mit ihr gewesen war. In den ersten Jahren ihrer Ehe war sie oft ungeduldig, launisch, verdrießlich gewesen. Das war damals, als sie noch Ansprüche ans Leben gemacht hatte, als dieses ihr viel geben sollte und ihr nach ihrer Meinung nichts gab als einen alten Mann. Aber dieser Mann war niemals anders als gut und geduldig gewesen. Er hatte sie nicht ausgelacht, wenn sie mit ihren kindischen Einfällen zu ihm kam, er war immer derselbe geblieben – immer. Würde Neumann auch so gut, so geduldig sein? Würde er Verständnis haben für ihre veränderlichen Stimmungen und Ansichten, die sich von heute auf morgen ändern konnten? Jetzt war er sehr höflich, sehr ruhig und gemessen; aber würde er so bleiben? War nicht manchmal ein sonderbar unruhiger Blick in seinen Augen, ein Zucken um seinen Mund, das ihr missfiel? Wenn die Baronin bei diesem Punkte angelangt war, dann schob sie plötzlich alle Gedanken zurück, zündete sich eine Zigarette an und vertiefte sich in einen französischen Roman. Oder sie suchte den sonderbarsten alten Kram aus ihren Koffern hervor und breitete alles um sich aus. Es kam ja auch die Weihnachtszeit, wo sie billige Geschenke für die Armen haben wollte.

Frau von Zehleneck und Herr Neumann sahen sich nun öfter bei der Baronin. Zuerst wurde er sichtlich lebhafter; dann aber kam eine Zeit, wo er nachdenklich und still in seiner Sofaecke saß und auf das Gespräch der beiden Damen hörte, die sich hin und wieder miteinander unterhielten. Frau von Zehleneck war die interessantere. Sie wusste sehr viel gute Geschichten, sie war oft boshaft, und dann hatte sie eine sehr geschickte Art, die Unterhaltung auf ihre vornehmen Verwandten zu bringen, was Neumann sehr imponierte. Außerdem wurde sie täglich jünger und hübscher: Wenigstens fand dies Neumann. Die Baronin dagegen sah sehr angegriffen aus und war blass geworden. Sie dachte auch augenblicklich nicht daran, über andre Menschen zu sprechen, und ihre vornehme Verwandtschaft war ihr von ihrer

Geburt an gleichgültig gewesen. Aber sie dachte viel an Weihnachten und daran, wie sie den armen Kindern eine Freude machen könnte, und wenn Frau von Zehleneck eine Geschichte beendet hatte, in der mindestens ein russischer Fürst vorkam, dann zog Ada Ravenstein ein Stück Wollenzeug auseinander und sagte zufrieden: Daraus kann noch eine kleine Unterjacke werden!

Um Weihnachten war sie immer so, etwas zerstreut und nachdenklich und in einem gewissen Wohltätigkeitsrausch befangen. Das ging um Neujahr vorüber: Dann erzählte sie selbst die lächerlichsten Geschichten von sich und erklärte Weihnachten für die dümmste Einrichtung der Welt. Neumann wusste das natürlich noch nicht, und wenn Frau von Zehleneck nicht gewesen wäre, würde er sich sehr unbehaglich gefühlt haben. Es war ihm schon fast zur Gewohnheit geworden, wenn Amelie ging, sich auch zu empfehlen und sie nach Hause zu begleiten. Dann sprachen sie meistens über Frau von Ravenstein. Das heißt, Amelie redete, und er hörte zu.

Natürlich fiel es Amelie nicht ein, Gutes von Ada zu reden, das tat sie über keinen Menschen; sie lachte über die Freundin und ihre Schwächen und hatte eine geschickte Art, ihre Fehler ins rechte Licht zu stellen.

Die arme Ada! Sagte sie einmal. Sie hat ein merkwürdiges Talent, mit den größten Vermögen fertig zu werden. Rolf Ravenstein war reich, als er sie heiratete; nun ist kein Groschen mehr da, und sie muss ihr Silberzeug verkaufen. Und dabei haben diese Menschen nichts von ihrem Gelde gehabt.

In Wahrheit hatte Rolf Ravenstein niemals Vermögen gehabt; er war ein ebenso schlechter Haushalter gewesen wie seine Frau, die nur mithilfe einiger kleinen Erbschaften den Hausstand über Wasser gehalten hatte. Das wusste Neumann natürlich nicht, und so begann er, sich zu ängstigen. Er wollte ja gern eine vornehme Frau haben; aber musste es gerade Ada Ravenstein sein? Diese Fragen beschäftigten ihn täglich mehr und mehr; und eines Morgens, als er ganz unerwartet zu Ada eintrat, war er noch blasser als gewöhnlich.

Es war eben vor Weihnachten, und die Baronin hatte aus alten Zigarrenkisten allerhand Puppenmöbel gesägt, die sie jetzt eben zusammenpochte und leimte. Dabei summte sie ein Weihnachtslied vor sich hin und schien ganz fröhlich zu sein.

Guten Morgen, Neumann! Sagte sie freundlich. Wollen Sie mir kleben helfen? Das ist nett von Ihnen! Ich habe auch noch ein paar sehr schwierige Nägel einzuschlagen, bei denen Sie mir Ihre kräftige Hand leihen müssen! Sie geben Ihren Leuten doch auch einen Tannenbaum?

Aber Neumann saß ihr schweigend und untätig gegenüber. Er fühlte sich so unbehaglich, dass er kaum wusste, was er antwortete, als ihn Frau von Ravenstein nach seinem Befinden fragte. Erst aus ihrem bedauernden Kopfschütteln entnahm er, dass er gesagt habe, es gehe ihm schlecht.

Luftveränderung ist immer gut, sagte sie freundlich. Sie sollten ein wenig reisen, denn Sie sehen wirklich schlecht aus. Ist das nicht eine allerliebste kleine Wiege?

Nur aus Zigarrenholz! Können Sie nicht auch so etwas machen?

Nein! Sagte Neumann. Er war aufgestanden und riss an seinem Hemdkragen, der ihm plötzlich zu eng wurde. Dann begann er, in abgerissenen Sätzen zu sprechen. Was er sagte, wusste er später selbst nicht mehr; es ergab sich nur aus der Antwort der Baronin.

Sie hatte ihre kleinen Gerätschaften beiseitegelegt und war gleichfalls aufgestanden. Eine leichte Röte flog über ihr Gesicht, und sie streckte ihm beide Hände entgegen.

Lieber Herr Neumann, sagte sie, ich verstehe Sie – Ihr damaliger Wunsch war eine Übereilung. Ihr Wort gebe ich Ihnen zurück, und nicht wahr, wir wollen Freunde bleiben? Es ist auch besser so, setzte sie mit anmutigem Lächeln hinzu.

Neumann starrte sie mit dem dunkeln Gefühl an, eine große Dummheit begangen zu haben. Aber er war einmal im Zuge und wollte das tun, was er sich in der letzten schlaflosen Nacht ausgedacht hatte. Fünfzigtausend Mark! Sagte er und legte ein großes Paket, das er schon die ganze Zeit unbeholfen unter dem Arm getragen hatte, in Adas Hände. Zur Bezahlung der Schulden! Setzte er in einem Tone hinzu, der zugleich wohlwollend und ermahnend klingen sollte. Er hatte sich eigentlich eine ziemlich lange Rede ausgedacht, sie aber in diesem Augenblick vollständig vergessen. Besinnen konnte er sich auch nicht weiter darauf, denn sein Paket flog ihm vor die Füße, und Ada stand so hochaufgerichtet vor ihm, dass er unwillkürlich zusammenschrumpfte. Dann lachte sie hell auf und zeigte nach der Tür. Weiter tat sie nichts. Aber Neumann verstand sie doch. Er ging und nahm das Paket wieder mit sich. Als er langsam über die Straße schritt, kam es ihm vor, als hätte er Prügel bekommen, und als ihm ein kleines Kind vor die Füße lief, stieß er es um.

Ada stand einen Augenblick regungslos, dann ging sie schnell in das Zimmer ihres verstorbenen Mannes. Dort setzte sie sich vor den Schreibtisch und strich leise über die alte, hässliche Tischplatte.

Nun habe ich wirklich einmal etwas erlebt, Rolf! Sagte sie leise. Aber es hat mir doch nicht besonders gefallen. Es wäre nicht geschehen, wenn du noch hier wärest, Rolf!

Sie weinte plötzlich bitterlich, und diesmal wusste sie warum. Als aber der Weihnachtsabend kam, war sie doch wieder heiter und lachte herzlich bei ihrer Armenbescherung über die kleinen Kinder, die sich alle an sie herandrängten und ihr ein Verschen aufsagen wollten. Sie blieben meist stecken bei ihren Deklamationen, besonders die Knaben, und ein kleiner Junge stammelte unter hervorquellenden Tränen: Ich bin klein, und mein Herz ist gar nicht rein!

Der hat die Menschheit erkannt! Sagte Graf Rössing, der plötzlich neben ihr stand.

Sie fasste mit einem kleinen Jubellaut nach seiner Hand. Ach Wally, wie nett, dass Sie wieder da sind! Ist Ihre Gesundheit nun ganz in Ordnung?

Nein, sagte er verdrießlich. Ich fühle mich hundeelend und wollte mir schon zweimal das Leben nehmen. Nur über die Art und Weise war ich im Unklaren, und darüber hab ichs vergessen. Aber Weihnachten im Süden ist eine so langweilige Geschichte, dass ich wirklich nach dem Norden musste, um mir den Schwindel hier wieder einmal mit anzusehen.

Es ist kein Schwindel, sagte die Baronin ernsthaft.

Er zuckte die Achseln, stellte sich aber doch unter den brennenden Lichterbaum und sah in alle die kleinen glückstrahlenden Gesichter um ihn. Es war keine großartige Bescherung, sie bestand nur aus Kleinigkeiten; alle Beschenkten aber waren froh und dankbar, und das Zimmer war voll von Weihnachtsduft. Die Baronin war überall bei ihren Schützlingen. Hier half sie eine neue Jacke anziehen, dort malte sie Figuren auf eine neue Schiefertafel; mit Rössing sprach sie erst wieder, als die kleine Gesellschaft nach Absingen eines Weihnachtsliedes von ihren Angehörigen abgeholt worden war.

Wie die Bande falsch singt! Murrte er, als beide zusammen in dem kleinen Wohnzimmer saßen. *Holsatia non cantat.* Da sollten Sie mal die kleinen Italiener singen hören!

Es war gar nicht so falsch, verteidigte die Baronin ihre Schützlinge. Und selbst wenn es falsch klang – an die richtige Adresse ist's doch gekommen! Aber nun sagen Sie einmal, Graf, weshalb sind Sie heute so entsetzlich missgestimmt? Sind Sie nur nach dem Norden gekommen, um über alles zu brummen?

Graf Rössing antwortete nicht gleich. Er fuhr mit der Hand durch sein borstiges Haar und rückte auf seinem Stuhle hin und her.

Ich bin gar nicht schlechter Laune, versetzte er dann mit dem beleidigten Ton, den die meisten Leute annehmen, wenn ihnen die Wahrheit gesagt wird. Ich ärgere mich nur über allerlei. Zum Beispiel über diese Klatschsucht dieser vorzüglichen Kleinstadt. Wissen Sie, dass von Ihnen gesagt wird, Sie würden Neumann heiraten – diesen Neumann!

Das war kein Klatsch, das war die Wahrheit, erwiderte die Baronin ruhig. Aber es ist gottlob! Vorübergegangen. Er sah es schließlich eher ein als ich, aber ich glaube doch, ich hätte es auch nicht fertigbringen können.

Sie müssen mir alles erzählen, sagte Rössing herrisch.

Sie gehorchte, wurde bei der Erzählung immer heitrer, und als sie zu dem Hauptpunkte, den fünfzigtausend Mark gekommen war, lachte sie.

Denken Sie, fünfzigtausend Mark! Ich weiß noch immer nicht, was er eigentlich damit gewollt hat. Jedenfalls hat er es fertiggebracht, mich eine Viertelstunde lang nicht zu langweilen. Aber was haben Sie, Rössing?

Der Graf war aufgestanden, kreidebleich, und holte schwer Atem.

Ich will nach Fresenhagen! Ihn zur Rede stellen – Reitpeitsche – der Halunke, der –

Er fand keine Worte, sodass ihn die Baronin wieder in den Sessel zurückdrückte. Seien Sie kein Narr, Rössing! Der Mann hat mich nicht beleidigen wollen, und wenn er es gewollt hätte – er könnte es gar nicht: Ich lasse mich nicht von ihm beleidigen. Er tat mir überhaupt leid, als er so still mit seinem Mammon davonging; er kam mir vor wie ein geprügelter Hund. Hoffentlich findet er bald eine nette Frau.

Wie konnten Sie aber auch den Wahnsinn begehen und sich halb und halb mit diesem Kerl verloben! Schalt der Graf, dessen Zorn sich nun gegen Ada wandte.

Sie senkte kleinlaut den Kopf. Es war sehr verkehrt von mir, aber ich dachte, es ginge vielleicht. Erinnern Sie sich nicht, dass ich immer meinte, ich würde noch etwas durch ihn erleben? Meine Ahnung hat mich nicht betrogen. Und dann war er doch meine erste Liebe.

Rössing musste nun doch lachen. Da sehen Sie nun, was es mit der ersten Liebe auf sich hat! Ihre erste Liebe – begann Ada.

Aber er machte eine abwehrende Handbewegung: Verderben Sie mir den hübschen Abend nicht! Ich fühle mich schon bedeutend wohler und hätte nichts gegen ein Glas Punsch einzuwenden.

Und ich habe gestern in einem ganz versteckten Kästchen einen Diamantring gefunden, den ich lange verloren geglaubt hatte, rief die Baronin. Da habe ich einigen Gläubigern eine Weihnachtsfreude gemacht und mir eine gute Sorte Wein gekauft. Sie sollen sehen, mein Punsch wird Ihnen munden.

Worauf wollen wir denn anstoßen? Fragte er, als die dampfende Kanne von Ada auf den Tisch gesetzt wurde.

Darauf, dass ich keine Dummheiten mehr mache! Rief sie. Dann sah sie mit glänzenden Augen in die Ferne. Hoffentlich will mich kein Mensch mehr heiraten. Ich glaube, ich könnte ihn hassen. Rolf war doch der Beste!

Und sie trank hastig ihr Glas leer, weil ihr plötzlich die Stimme versagte. Dann aber wurde sie sehr heiter und konnte gar nicht begreifen, dass der Graf in sich gekehrt blieb.

Dieser reiste übrigens bald nach Neujahr wieder fort. Es wurde kalt, und er wollte dem rauen Winter aus dem Wege gehen. So blieb denn die Baronin recht allein; Frau von Zehleneck kam plötzlich nicht mehr, und wenn sie einmal erschien, dann war es nur ein kurzer Besuch, den sie der Freundin machte. Aber Ada vermisste den Verkehr nicht. Sie hatte angefangen, für Geld zu malen, und freute sich wie ein Kind darüber, dass ihr eine Berliner Firma einige Schälchen und Gläser zu geringem Preis abgenommen hatte. Sie machte großartige Pläne, wie sie im Laufe des Frühlings und Sommers nach der Natur malen wollte, und entbehrte keinen Menschen. Auch nicht Herrn Neumann, der sich seit Weihnachten nur sehr selten in der Stadt zeigte und nicht ganz sicher schien, ob es ihm dort ferner gefallen würde. Im Februar aber erhielt er einen Brief von Frau von Zehleneck, die ihn fragte, ob er gestorben sei. Wenn nicht, dann möchte er sie doch einmal besuchen.

Neumann atmete tief auf, als er diesen Brief erhielt; dann schlug er in einem neu erworbnen Adelslexikon die Familie der Zehlenecks nach, grübelte lange und fuhr an demselben Nachmittag in die Stadt.

Auf einmal war es wieder Frühling geworden, Graf Rössing ging in dem grünenden Buchenwalde spazieren und hörte auf den Schlag der Nachtigall. Er ärgerte sich halb und halb über die süßen Laute, die ihn von Buche zu Buche verfolgten, und dann stand er doch wieder still und horchte auf sie.

Rössing hatte keinen sehr guten Winter gehabt, trotz der Riviera und der musikalischen Italiener. Das Podogra hatte ihn gequält, und sein Sohn, der eben zur Universität gegangen war, hatte die Weihnachtsferien benutzt, um mit einer niedlichen Tänzerin auf Reisen zu gehen. Das war gewiss recht unterhaltend für den jungen Mann gewesen, der Vater aber musste den Beutel ziehen und fluchte. Er war so missmutig geworden, dass er, obgleich er schon vierzehn Tage heimgekehrt war, die Baronin erst ein einziges Mal besucht hatte. Da hatte er sie sehr heiter vor ihrer Staffelei getroffen, den Kopf voller Pläne und dabei sehr entzückt von einem neuen Roman, den ihr eine Bekannte geschickt hatte. Über des Grafen Rückkehr freute sie sich sehr, aber nicht so, wie er es im Stillen noch immer gehofft hatte. Er hatte nach Neumann und der Zehleneck gefragt. Sie wusste von beiden nichts, entsann sich aber dann doch, dass Herr Neumann in vielen Familien der Stadt verkehren sollte. Sie ging noch nicht wieder in Gesellschaft und schien es auch nicht zu entbehren.

Rössing musste heute viel an sie denken, obgleich er sich vorgenommen hatte, es nicht zu tun. Sie war doch sehr einsam, wenn sie auch nicht darüber klagte, und diesem Neumann, diesem Spitzbuben, der es gewagt hatte, sie zu beleidigen, dem ging es gut, viel besser als andern Leuten! Als der Graf bei diesem Gedanken angelangt war, befand er sich mitten im Walde vor einem kleinen Buchenunterholz, in das ein schmaler Pfad hineinführte. Er schlug ihn ein und sah erst wieder um sich, als er an einer Lichtung stand. Hier war eine Bank unter mehreren hochragenden Buchen, und auf dieser Bank saßen Neumann und Frau von Zehleneck. Ob sie sich zärtlich umschlungen hielten, konnte der Graf zu seinem Bedauern nicht sehen, obgleich er sich eine Lorgnette vor die Augen hielt, aber er nahm es sofort an. Einen Augenblick stand er regungslos und hörte auf Amelie Zehlenecks Lachen. Es klang triumphierend durch den stillen Wald, und die Nachtigallen schienen zu erschrecken und schwiegen still. Dann aber sangen sie weiter, und auch der Graf wandte sich leise ab. Niemand hatte ihn bemerkt, und als ihn wieder das Waldesdunkel umfing, konnte er seinem Zorn nach Belieben Luft machen, wenn er welchen empfand. Aber er sagte kein Wort. Langsam und mit gefurchter Stirn wanderte er weiter. Erst nach einer Stunde kehrte er um und ging der Stadt wieder zu, und als er jetzt zum zweiten Male an dem Unterholz vorüberkam, trat Neumann gerade heraus. Er schien etwas zu erröten, grüßte aber mit großer Liebenswürdigkeit, fragte nach Rössings Befinden und schloss sich ihm ohne Weiteres an. Dabei hatte er etwas Siegesbewusstes im Auftreten, was den Grafen umso mehr ärgerte, als er früher bescheiden gewesen war.

Sie sollten doch bald einmal nach Fresenhagen kommen, Herr Graf, sagte er während des Gesprächs. Ich baue jetzt, und es wird sehr hübsch dort.

An Fresenhagen knüpft sich für mich gerade keine angenehme Erinnerung, erwiderte Rössing etwas scharf.

Neumann zuckte die Achseln und veränderte ein wenig die Farbe. Nun ja, dass Herr von Ravenstein bei mir sterben musste, war traurig, sehr traurig. Kein Mensch beklagt es mehr als ich. Aber sterben müssen wir nun alle einmal, und der alte Herr hatte doch schließlich sein Leben ausgelebt!

Er hatte mit höflicher Gleichgültigkeit gesprochen, und der Graf, der sich auch manchmal alt und nutzlos vorkam, sah ihn mit einem bösen Blick von der Seite an. Wenn er einmal tot wäre, würde Neumann ähnlich über ihn sprechen, dachte er.

Kannten Sie nicht Frau von Ravenstein von früher her? Fragte er nach einer Weile.

Neumann stutzte, dann begann er, etwas zu stottern. Gewiss – gewiss! Sie war sozusagen meine erste Liebe. Na, aber die erste Liebe – er stockte und wischte sich über die Stirn. Die erste Liebe, – wiederholte er noch einmal –, die hat ja meistens keinen Bestand!

Es fiel ihm noch ein andrer Satz ein, den er über die erste Liebe sagen wollte, aber Rössing kehrte ihm ohne Gruß den Rücken, und Neumann sah ihm mit unbehaglichen Gefühlen nach.

Als der Graf an diesem Nachmittage die Weinstube betrat, war sie, wegen des schönen Wetters, fast leer. Nur in einer Fensternische saß der dicke Bürgermeister und brütete über einem Brief, den er fortwährend hin und her wandte. Rössing beachtete das Stadtoberhaupt nicht weiter. Seitdem die Bürgermeister nicht mehr studierte Leute zu sein brauchten, verachtete er sie alle. Der Bürgermeister gehörte eigentlich gar nicht an seinen Stammtisch; nur gelegentlich, wenn er etwas ganz Neues wusste, durfte er dort sitzen. Heute aber schien er nichts zu wissen und hatte sich deshalb sofort ans Fenster gesetzt.

Der Graf trank langsam sein Glas Portwein und griff nach der Zeitung, aber er hatte keine Lust zu lesen, daher setzte er sich plötzlich zum Bürgermeister.

Nun, Stadtväterchen, haben Sie einen Liebesbrief bekommen, dass Sie ihn so oft lesen müssen?

Das nicht, Herr Graf! Erwiderte der Gefragte, den Brief vorsichtig glättend. Ich glaube nur, dass er französisch ist, und es ist schon so lange her, dass ich das in der Schule gelernt habe. Nun wollte ich eigentlich einen der Herren hier fragen; ob sie mir nicht ein wenig bei der Übersetzung helfen wollten! Alles kann ich wirklich nicht verstehen!

Da der Bürgermeister ein ehemaliger Gutsverwalter war, so war seine Unkenntnis der fremden Sprachen verzeihlich, und Rössing nahm ihm ohne Weiteres den Brief aus der Hand.

Er ist englisch geschrieben, bemerkte er nach einem flüchtigen Blick über das Schreiben.

So, englisch, sagte der Bürgermeister, der sich in seiner hohen Stellung natürlich keine Blöße geben durfte. Früher konnte ich es sehr gut, jetzt bin ich etwas aus der Übung.

Rössing hörte nicht auf ihn. Er hatte das Schreiben überflogen und faltete es langsam wieder zusammen.

Der Brief ist von dem amerikanischen Generalkonsulat in Hamburg. Das will von Ihnen erfahren, ob hier in der Nähe oder in der Stadt ein gewisser Fritz Neumann lebt, der früher in Nebraska, in Sandy Bluffs gewohnt hat. Wissen Sie, ob Herr Neumann auf Fresenhagen einmal in Nebraska gewesen ist?

Der Bürgermeister schüttelte den Kopf. Er machte ein ehrerbietiges Gesicht, denn der reiche Herr Neumann flößte ihm Hochachtung ein. Nein, ich weiß es nicht und habe auch nie etwas darüber gehört, sagte er. Das heißt – er besann sich plötzlich – es ist schon einmal ein Brief an mich gekommen. Der war wohl auch englisch, aber sehr schlecht geschrieben. Wir konnten ihn nicht entziffern, weder mein Sekretär noch ich. Der Schreiber nahm nachher die Briefmarke, weil es eine amerikanische war, und der Brief wanderte in den Papierkorb. Wir hielten die Sache für eine Bettelei, denn die jungen Leute sagten, der Brief wäre wohl von einer jungen Frau geschrieben.

Der Graf hatte scharf zugehört, nun trank er seinen Wein aus, bestellte sich noch ein Glas und steckte das Schreiben des Konsulats in die Tasche. Beantworten Sie diesen Brief noch nicht, sagte er. Ich muss doch in diesen Tagen Geschäfte halber nach Hamburg und kann mich einmal beim Konsul erkundigen, was die Sache eigentlich bedeutet. Ihre Antwort kommt noch immer früh genug.

Gewiss tut sie das! – Der Bürgermeister beantwortete deutsche Briefe nicht sehr eilig, fremdsprachige mussten noch ganz anders warten, wenn sie überhaupt erledigt wurden, und bei diesem Schreiben hoffte der Bürgermeister, der Graf würde auch die Antwort übernehmen. Man plauderte noch ein Weilchen zusammen, dann trat der Graf langsam den Heimweg an. Er war etwas heiterer gestimmt als vorher, deshalb ging er noch einen Augenblick bei seiner Cousine, der Komtesse Isidore, vor, die bei ihrem Tee saß und dabei Patience legte. Sie war sehr zufrieden, denn schon zum dritten Male war alles gut ausgegangen.

Gut, dass du kommst, Wally! Rief sie ihrem Vetter entgegen. Du sollst heute in acht Tagen bei mir zu Abend essen. Ich gebe eine größere Gesellschaft: dreizehn Personen. Du weißt, ich nehme immer dreizehn Personen, weil ich die gerade setzen kann. Einer sagt ja auch meistens ab, und wenn nicht, dann schadet es nichts; ich bin nie abergläubisch gewesen, und dreizehn Personen haben sich immer am besten bei mir amüsiert.

Wer kommt denn? Fragte Rössing.

Die Komtesse nannte einige Namen. Amelie Zehleneck und Neumann muss ich übrigens auch einladen, setzte sie etwas kleinlaut hinzu. Gegen Neumann hast du natürlich nichts einzuwenden – er ist still und reich, das sind Eigenschaften, gegen die kein Mensch etwas sagen kann. Aber Amelie – die alte Dame hustete etwas – ich musste sie wirklich einmal nehmen, weil sie doch durch ihren Vetter Bodo halb und halb mit mir verwandt ist. Du sollst auch nicht bei ihr sitzen.

Ich werde wohl nicht kommen, murrte Rössing.

Aber Wally, ich habe neun Damen und vier Herren, du musst kommen! Was tut es eigentlich, dass Amelie –

Meine erste Liebe war? Ergänzte der Graf wieder heiter. Nein, es tut auch nichts. Wenn ich hier bin, erscheine ich, sonst aber darfst du nicht böse sein, wenn der Dreizehnte ausbleibt.

Er ging und nickte nur noch flüchtig, als ihm die Cousine nachrief, dass er nicht so spät kommen solle, da sie einen Fischauflauf geben wollte, der das Warten nicht vertragen könne.

Sind Sie Donnerstag bei Isidore? Fragte er andern Tags die Baronin, die er eigentlich noch lange nicht hatte wieder besuchen wollen; jetzt saß er doch neben ihr, weil er sie fragen musste, ob er ihr in Hamburg etwas besorgen könne.

Sie schüttelte den Kopf. Ich bin nicht eingeladen.

Neumann ist dort und Amelie. Man ladet sie schon zusammen ein, es wird also wohl bald eine Verlobung geben.

Wirklich? Frau von Ravenstein, die an ihrer Staffelei saß, mischte einige Farben und sah träumerisch auf ihre halbfertige, etwas unwahrscheinlich aussehende Landschaft.

Freuen Sie sich darüber, oder wundern Sie sich? Fragte Rössing, der sie gespannt beobachtet hatte.

Keins von beiden! Erwiderte sie ruhig. Vielleicht werden sie glücklich miteinander.

Meine erste Liebe und Ihre erste Liebe spottete er.

Sie lachte. Sie sind eifersüchtig, Wally. Mir scheint doch, dass Sie Neumann beneiden.

Nein, versetzte er kurz. Wenn mir einer von beiden Teilnahme einflößt, dann ist es nicht er – ich habe sogar ein Gefühl – er stand plötzlich auf. Haben Sie etwas in Hamburg zu besorgen? Fragte er leichtern Tones. Ich habe dort eine Zusammenkunft mit meinem Bruder und werde wohl einige Tage fort sein.

Aber die Baronin hatte nichts zu besorgen, wie sie lachend versicherte. Er sah sie argwöhnisch an und ging mit verdrießlichem Gesicht davon. Sie aber hatte nur gelacht, weil sie augenblicklich gar kein Geld hatte, um etwaige Besorgungen damit zu bezahlen. Sie hatte gerade diesen Morgen ihr letztes Markstück einem Bettler gegeben, und aus Frankfurt, wohin sie ihr letztes Porzellan geschickt hatte, war noch keine Antwort gekommen.

Als Rössing aus Hamburg zurückkehrte, war es gerade Donnerstag, also der Tag, wo er bei seiner Cousine essen sollte. Aber er hatte keine Lust hinzugehen. Erstens hatte er sich in Hamburg mit seinem Bruder gezankt, was ihn nachträglich noch verstimmte, und dann war noch ein andrer Grund, der es ihm geraten erscheinen ließ, den Abend nicht in die Gesellschaft zu gehen. Er schrieb eine Absage und bekam sofort einen sehr aufgeregten Brief von der Komtesse, dass er sie nicht im Stich lassen dürfe. Drei Gäste hatten noch kurz vorher abgesagt, darunter ein Herr; Rössing musste kommen.

Komtesse Isidore hatte in ihren Briefen öfters eine gewisse beschwörende Art, die ihre Wirkung selten verfehlte. Wenn man nicht tat, was sie wollte, dann rief sie das Gedächtnis verschiedner Verstorbnen an, die doch ganz gewiss auf ihrer Seite gewesen wären. An Rössing schrieb sie, sein guter Vater würde sich im Himmel darüber wundern, dass sein Sohn so ungefällig war, und sie erreichte denn auch mit diesen Worten, dass dieser Sohn mit einem sehr mürrischen Gesicht bei ihr erschien.

Es war schon spät. Die Gesellschaft war vollzählig zusammen, und die Köchin stand schluchzend in der Küche vor dem zusammengefallenen Fischauflauf. Die

Komtesse, die von dem Schicksal des Vorgerichts schon durch verschiedne drohende Botschaften unterrichtet worden war, fasste hastig ihres Vetters Arm, um sich von ihm zu Tische führen zu lassen, und Rössing hatte erst Gelegenheit, die andern Gäste zu begrüßen, als sich alles gesetzt hatte. Steif verbeugte er sich nach allen Seiten: vor den Stiftsdamen, die aus dem benachbarten Fräuleinkloster gekommen waren, vor dem kleinen Leutnant, der mit einer kaum erwachsenen Tischdame das junge Element in dieser soliden Gesellschaft bildete, und vor Frau von Zehleneck und Neumann, die ihm gegenübersaßen und sehr strahlend aussahen.

Amelie hatte eine neue Haarfrisur, die ihr einen auffallend jugendlichen Anstrich gab, und Neumann betrachtete sie mit einem ganz verliebten Ausdruck. Er hatte den steifen Gruß des Grafen mit derselben Steifheit erwidert; da er jetzt ziemlich festen Fuß in der Gesellschaft gefasst hatte, fand er es nicht notwendig, gegen Rössing besonders artig zu sein. In den Wochen seines Verkehrs mit Frau von Zehleneck hatte er sich schon ein festeres Auftreten angewöhnt, konnte auch schon etwas durch die Nase sprechen, was ihm vornehm erschien. Heute Abend unterhielt er sich besonders gut mit seiner neuen Freundin, und wie er in dem hübschen kleinen Esszimmer der Komtesse Isidore an ihrer Seite saß, kam ein wunderbares Gefühl des Behagens und Geborgenseins über ihn, ein Gefühl, das sich auch in seinen Zügen ausprägte, denn Isidore flüsterte ihrem Vetter zu: Der gute Herr Neumann sieht wirklich gar nicht schlecht aus. Zuerst fand ich ihn hässlich.

Nun, schön ist auch etwas andres, erwiderte Rössing verdrießlich.

Isidore schlug ihn auf die Hand. Schönheit vergeht, lieber Wally, und ich wünschte, deine schlechte Laune verginge auch! Es ist doch sonderbar, setzte sie klagend hinzu, wenn wir nicht dreizehn sind, dann habe ich immer das Gefühl, es müsse etwas Schreckliches passieren, oder die Leute amüsierten sich nicht bei mir. Das ist eigentlich noch schrecklicher. Wally, sei brav! Wie war dein alter Vater immer reizend!

Der Graf musste lachen, dann wandte er sich an seine Nachbarin zur Linken, eine Klosterdame, und sprach eifrig mit ihr, während Komtesse Isidore hier und da ein Wort einschaltete. Das Fischgericht schmeckte gut, trotz seiner eingesunkenen Form, und der Rheinwein dazu belebte die Geister. Die Unterhaltung wurde allgemein, die beiden Klosterdamen, auf die der Graf einredete, sprachen schon nicht mehr von ihrem Pastoren, mit dem sie sonst jede Unterhaltung einleiteten, sondern erzählten von einem Ballfest, das ihre Priorin geben wollte, und Neumann und Frau von Zehleneck drückten sich unter dem Tisch verstohlen die Hände, während der kleine Leutnant seiner Tischdame einige zarte Andeutungen über das Mädchen machte, das er sich dereinst als Lebensgefährtin wünschte.

Nach dem Fischgericht kamen die Schnepfen, ein andrer Wein und mit ihm die Pause, von der man sagt, dass ein Engel durchs Zimmer fliege.

Wie geht es eigentlich Ada Ravenstein? Fragte eine der Klosterdamen über den Tisch, ins Allgemeine hinüber.

Sehr gut, gab Komtesse Isidore halb zerstreut zur Antwort. Sie geht noch nicht aus, sonst würde ich sie eingeladen haben. Aber, bitte, liebe Baronesse, Sie nehmen ja fast gar nichts!

Ja, die arme, arme Ada! Sagte Frau von Zehleneck in klagendem Tone zu der Fragerin gewandt. Sie soll fast alle ihre Sachen verkauft haben. Schrecklich, nicht wahr?

Aber sie lachte bei dieser Frage und sah Neumann kokett von der Seite an.

Dieser hatte schon ziemlich viel getrunken, sonst würde er sich wohl nicht an der Unterhaltung beteiligt haben. Nun lachte er laut, lehnte sich in seinen Stuhl zurück und erwiderte in seinem angenommnen näselnden Ton: Schrecklich, wirklich schrecklich! Was macht man zuletzt mit diesen vornehmen Herrschaften, die nichts mehr haben? Kommen sie ins Armenhaus, oder was wird mit ihnen?

Seine Frage klang gesucht unangenehm, und obgleich Frau von Zehleneck lachte und einige lustige Worte erwiderte, wurden doch die andern alle still. Die Klosterdamen richteten sich sehr steif in die Höhe, und selbst Komtesse Isidore, die durch ihre Pflichten als Wirtin sehr in Anspruch genommen war, blickte unwillig zu dem Sprecher hinüber.

Haben Sie auch alles, Herr Neumann? Rief sie. Bitte, essen Sie doch und vergessen Sie den Rauentaler nicht! – Es klang, als wollte sie ihrem Gast den Mund stopfen.

Herr Neumann mag deinen Wein wahrscheinlich nicht, sagte Graf Rössing plötzlich mit scharfer Stimme. Er ist in Amerika gewohnt gewesen, Petroleum mit Whisky vermischt zu trinken. Oder war es Whisky mit Petroleum?

Die kleine Gesellschaft wurde totenstill. Nur Herr Neumann stotterte einige Worte, aber kein Mensch verstand sie.

Ein famoses Land, dieser Westen von Amerika, fuhr Graf Rössing fort. Ich war eben in Hamburg und habe mich mit dem amerikanischen Konsul über mancherlei unterhalten, das mich sehr interessierte. Ein sehr netter Herr und sehr unterrichtet. Er kannte Sie übrigens auch, Herr Neumann, und ist auch einmal in Ihrer Schnapsschenke in Sandy Bluffs in Nebraska gewesen, der Sie jahrelang mit soviel Erfolg vorgestanden haben. Damals waren Sie aber nicht zu Hause; Herr Reed meinte, Sie wären wohl gerade im Gefängnis gewesen, wo sie ja einige Male waren, weil Sie zu viel Petroleum in den Schnaps gegossen hatten. Das mochten die Leute selbst dort nicht und hatten nicht übel Lust, Sie zu teeren und zu federn!

Am Gottes willen! Komtesse Isidore wurde ganz fassungslos. Du erzählst schreckliche Geschichten, Wally! Lass doch die Schnepfen noch einmal herumgehen.

Der Graf gehorchte. Sie sind ausgezeichnet, sagte er dabei. Bitte, Herr Neumann, nehmen Sie doch auch noch ein Stück! Unsre Schnepfen sind besser als die amerikanischen, obgleich das Leben dort allerdings viel abwechslungsreicher ist. Es muss sehr interessant sein, nicht allein die Bekanntschaft des Volkscharakters in ausgiebigster Weise zu machen, während man den Leuten Branntwein verkauft, sondern auch in nahe Berührung mit den Gefängnis- und Zuchthausautoritäten zu kommen. Herr Reed erzählte, Sie wären auch im Zuchthaus gewesen, Herr Neumann, weil Sie mit einigen Bankräubern gemeinsame Sache gemacht hätten. Aber Sie hätten den Zuchthausdirektor bestochen und wären bald wieder herausgekommen.

Neumann war kreideweiß geworden, und seine Lippen zitterten.

Das ist ein – Missverständnis! Brachte er endlich mühsam heraus, während die übrige Tischgesellschaft anfing, leise miteinander zu flüstern.

Ein Missverständnis? Wiederholte der Graf. Er hatte sich ein Glas Wein eingeschenkt und nippte jetzt leise daran. Nun, das mag sein. Die Leute lügen heutzutage ja alle. Vielleicht auch die Dame, die sich Frau Sally Neumann nennt und schon mehrere Briefe an Herrn Reed in Hamburg geschrieben hat, weil ihr Mann nach Deutschland gegangen sei und nichts wieder von sich habe hören lassen. Die Briefe sollen nicht gerade sehr orthografisch geschrieben sein; Frau Neumann scheint früher Sängerin bei einem herumziehenden Theater gewesen zu sein, wie man aus einigen Andeutungen schließen kann, aber –

Frau von Zehleneck hatte bis dahin regungslos und wie erstarrt da gesessen. Jetzt fuhr sie auf, und ihre Augen sprühten. Sie fasste Neumann am Arm.

Neumann, weshalb schweigen Sie zu diesen unerhörten Behauptungen? So sprechen Sie doch, so fordern Sie ihn doch, den – den –

Wollen Sie vielleicht Verleumder sagen? Fragte Graf Rössing lächelnd. Er nahm wieder einen Schluck Wein.

Der Wein ist wirklich sehr gut, liebe Isidore, kannst du mir vielleicht einige Flaschen davon überlassen? Es kann ja sein, Frau von Zehleneck, dass Frau Sally Neumann auf diesen Namen keinen Anspruch hat, ihren Trauschein hat Herr Reed nicht gesehen. Aber da sie beschlossen hat, ihren Gatten selbst in Deutschland aufzusuchen, so werden wir uns vielleicht später von der Wahrheit ihrer Angaben überzeugen können, wenn nicht Herr Neumann die Freundlichkeit hat, uns über diesen immerhin interessanten Fall aufzuklären.

Herr Neumann, nehmen Sie doch noch ein Stück Schnepfe! Jammerte Komtesse Isidore, die die Worte des Grafen kaum noch verstanden hatte und mit Entsetzen bemerkte, dass niemand mehr aß. Nur der Leutnant und das junge Mädchen naschten Kompott und flüsterten miteinander in dem beruhigenden Gefühl, dass sie die ganze Sache doch nicht verstünden. Aber Neumann hörte nicht auf die Aufforderung der Wirtin. Er lehnte regungslos in seinem Stuhl und warf einen Hilfe suchenden Blick zu Frau von Zehleneck hinüber. Diese aber rückte plötzlich von ihm weg und richtete mit lauter Stimme eine Frage an eine der Klosterdamen. Da der Graf nicht mehr sprach, wurde die Unterhaltung plötzlich lebhaft. Jeder quälte sich, so gut er konnte, über etwas zu sprechen, an das er gar nicht dachte, und unter dem Schutze dieses Stimmengesumms konnte sich Fritz Neumann still entfernen. Er presste ein Taschentuch vors Gesicht. Jeder nahm stillschweigend an, dass er Nasenbluten habe, und selbst Komtesse Isidore verlangte keinen Abschied von ihm. Sie wollte ihm allerdings in ihrer Zerstreutheit nachrufen, er solle bald einmal wiederkommen; dann aber fiel ihr doch noch rechtzeitig ein, dass es wohl besser wäre, wenn er fortbliebe.

Amerika ist wirklich ein sonderbares Land, sagte sie klagend zu einer der Klosterdamen. Da passiert immer so viel, wovon man hier keine Ahnung hat. Und Wally sagt alle diese Sachen vor der Eistorte! Ich kann Neumann wohl nicht mehr einladen, aber ein Stück Eistorte hätte ich ihm doch gegönnt. Die macht Schiemann so gut. Aber das kommt davon, wenn wir nicht dreizehn bei Tische sind. Dann wird es immer ungemütlich.

Ungemütlich war die Gesellschaft allerdings, denn Frau von Zehleneck wurde plötzlich unwohl und musste nach Hause. Sie sagte, es käme davon, dass sie kein Eis vertragen könnte, und man glaubte ihr natürlich, aber die Stimmung blieb doch gedrückt, und die Komtesse sagte, sie wolle niemals wieder eine Gesellschaft geben, in der ein Mann wäre, von dem man nicht wüsste, was er in Amerika getan hätte.

Am folgenden Tage besuchte Graf Rössing die Baronin Ravenstein. Er traf sie nicht an der Staffelei, sondern vor einem alten Spinnrade.

Können Sie nicht spinnen? Fragte sie ihren Besuch. Ich möchte es so gern lernen und weiß doch niemand, der mir's zeigen könnte. Nur die alten Frauen im Armenhause verstehen die Kunst noch, aber vor der Zeit möchte ich nicht mit diesen Damen Bekanntschaft machen.

Weshalb malen Sie nicht mehr? Fuhr Rössing sie heftig an.

Ada zuckte die Achseln. Ich mag es nicht mehr, ich habe auch nicht genug Talent – der Kunsthändler aus Berlin hat mir's geschrieben. Ich glaube es fast selbst. Nun will ich spinnen, wie meine Großmutter, und ebenso wenig denken wie sie. Sie kannte nur das Handbuch des dänischen Adels und ist glücklich dabei gewesen. In ihren letzten Jahren las sie auch etwas in der Bibel, aber weil ihre Familie nicht drin vorkam, fand sie sie nicht unterhaltend.

Sie sind heute böse, Ada! Sagte der Graf.

Sie schob das Spinnrad hastig von sich. Ja, ich bin böse – auf Sie, Wally! Rief sie. Was haben Sie gestern dem armen Geschöpf, dem Neumann getan? Isidore war heute bei mir, und obgleich sie mehr von ihren Schnepfen als von Ihnen sprach, so habe ich doch genug gehört.

Ich habe nur die reine Wahrheit gesagt, erwiderte der Graf finster. Meinen Sie, dass ich das aushalten konnte, ihn glücklich und frech dasitzen zu sehen und mit der Zehleneck über Sie lachen zu hören?

Lachte er über mich? Pah – weshalb ließen Sie ihn nicht gewähren? Ich freue mich aufrichtig, wenn ich andern Menschen zur Unterhaltung dienen kann.

Er ist ein Schurke, begann Rössing wieder.

Aber Ada machte eine ungeduldige Bewegung. Ich glaube es ja – aber nur Sie hätten es ihm nicht sagen sollen, gerade Sie nicht. Sie stehen mir zu nahe, und es kann aussehen wie eine Rache von mir – eine unedle Rache. Ich habe aber keine Veranlassung, mich an Herrn Neumann zu rächen, dazu ist er mir zu gleichgültig.

Sie haben Fischblut! Rief der Graf. Ich aber sage: Auge um Auge, Zahn um Zahn –

Bitte, kommen Sie mir nicht mit der Bibel, Graf! Sie wissen übrigens ja gar nicht, was drin steht, sonst würden Sie nicht so rachsüchtig sein!

Nein, ich weiß gar nichts mehr! Rief er aufgeregt. Nur eins, nur eins, dass –

Dass der arme Wurm doch immerhin meine erste Liebe war? Unterbrach sie ihn lachend. Gerade deswegen hätten Sie ihn ein wenig schonen müssen. Schon aus Mitleid mit meiner Dummheit und Schwäche, die Sie doch am besten kennen. Und nun muss ich Sie verabschieden, denn dort kommt meine Waschfrau über die Straße. Sie will zu mir, ich sehe es an ihrem Gesicht, und da sie nach armen Leuten und nach ihren vielen Kindern riecht, wie Sie selbst einmal gesagt haben, so dürfen Sie nicht mit ihr zusammentreffen. Gehen Sie, und seien Sie ein andermal braver!

Als der Graf nach wenigen Minuten über die Straße ging, atmete er tief auf.

Sie ist klüger als ich, murmelte er, wenigstens zwanzigmal vernünftiger. Das hätte eine schöne Geschichte geben können!

Er blieb stehen und schlug sich heftig auf die linke Brust. Stille, du da drinnen. Ich will mich freuen, dass ich so davongekommen bin. Hast du mich verstanden? Ich will mich freuen!

Aber er ging doch langsam seinem Hause zu wie ein ganz alter Mann, und sein Gesicht war nicht freudig.

Am folgenden Tage verreiste er auf längere Zeit, und da auch Frau von Zehleneck nach Dänemark ging, was sie immer tat, wenn sie etwas Unangenehmes erlebt hatte, so mochten die Weisen des Städtchens recht haben, wenn sie behaupteten, in der Gesellschaft bei Komtesse Isidore sei etwas sehr Merkwürdiges geschehen. Und dabei kamen sie erst allmählich dahinter, dass Herr Neumann plötzlich von Fresenhagen verschwunden war und nichts mehr von sich hören ließ. Sein Gut stand zum Verkauf, und ein reicher Herr aus Bremen erwarb es, ehe die Leute ganz genau wussten, was eigentlich mit Neumann geschehen war. Sie erfuhren es auch niemals ganz genau; nur später, viel später tauchte das Gerücht auf, er sei in Nebraska oder noch weiter im Westen von einer eifersüchtigen Frau erschossen worden. Aber es war nur ein Gerücht, das niemals seine Bestätigung gefunden hat, und es ist leicht möglich, dass Herr Neumann noch heute seine Mischung von Petroleum und Whisky weiterverschenkt. Jedenfalls sprach man nur sehr flüchtig von ihm, da gerade in dem Frühling, in dem er verschwand, eine Typhusepidemie in der Stadt ausbrach, die viel von sich reden machte und alle andern Ereignisse gleichgültig erscheinen ließ. Besonders in der ärmern Bevölkerung forderte die Krankheit ihre Opfer, und die Wohlhabenden packten ihre Koffer und reisten in aller Stille ab. Auch an die Baronin gelangte die dringende Aufforderung einer Verwandten, schnell zu ihr auf ihr Gut zu kommen, aber Ada telegrafierte ein kurzes Nein. Sie hatte die kranken Kinder ihrer Waschfrau zu sich ins Haus genommen. Der eine kleine Junge, der nach ihrem verstorbnen Manne Rolf hieß, war in Lebensgefahr. Aber sie pflegte ihn wieder gesund, ebenso wie die andern Kinder; an dem Tage aber, wo sie wieder allein war und gerade darüber nachdachte, ob sie nicht unter die Schriftsteller gehen und das Buch ihres Mannes vollenden sollte, ergriff sie ein Schwindel. Sie musste zu Bett gehen, und obgleich sie sich die beschriebnen Blätter unters Kopfkissen legte, um sie gleich beim Besserwerden zur Hand zu haben, kam sie doch nicht mehr dazu, sie zu lesen. Sie verlor bald die Besinnung und starb nach wenigen Tagen, ohne Kampf und ohne Schmerzen. Nur einmal, kurz vor ihrem Tode, griff sie mit einem Ausruf des Schreckens nach dem kleinen Manuskript unter ihrem Kissen. Sie glaubte wohl, es sei nicht mehr da – da gab man es ihr in die Hand, und dort ist es auch geblieben, als sie in den Sarg gelegt wurde. So ist es gekommen, dass Rolf Ravensteins Buch niemals zu Ende geschrieben worden ist, und dass kein Mensch weiß, was darin gestanden hat.

Es war ein sonniger Maientag, als die Baronin zur letzten Ruhestätte gebracht wurde. Die Leute, die sie dort hingeleiteten, bedauerten, dass sie den blauen Himmel nicht mehr sehen und die Vögel nicht mehr singen hören könnte – sie würde sich daran gefreut haben. Verwandte und Freunde waren nicht mit unter den Leidtragenden, die kamen alle erst später. Auch Graf Rössing konnte erst einen Tag nach der Beerdigung kommen. Er war in der kurzen Zeit sehr alt geworden, und nun stand er mit zusammengezognen Brauen vor dem frischen, unter Blumen begrabnen Hügel. Von allen Seiten waren Kränze gekommen, von reichen und armen Leuten, von vornehmen und geringen. Selbst die, denen die Baronin

Geld schuldete, und ihrer waren nicht wenige, hatten Rosen auf ihr Grab gestreut. So erzählte der Totengräber dem Grafen, der schweigend zuhörte und kein Wort erwiderte. Er war so in Gedanken versunken, dass er nicht bemerkte, wie Frau von Zehleneck leise neben ihn getreten war, und er fuhr zusammen, als sie ihn anredete.

Wir haben einen großen Verlust gehabt, lieber Graf, sagte sie weinerlich. Meine arme, liebe Ada! Wie werde ich sie entbehren! Heute Morgen erst bin ich hier angekommen; wie gern hätte ich sie sonst gepflegt!

Die letzten Sätze hatte Amelie etwas stockend hervorgebracht; der Graf sah sie zu starr an. Als er aber gar nicht antwortete und sich nur schweigend abwandte, trat sie an seine Seite.

Wally, sagte sie hastig und leise. Warum sind Sie immer so schlecht gegen mich! Wir standen ehemals doch anders miteinander! Haben Sie das ganz vergessen?

Nein, erwiderte der Graf ruhig, vergessen habe ich es nicht. Er war stehen geblieben und sah Frau von Zehleneck fest in die Augen. Ich weiß es noch ganz genau, und ich schäme mich noch immer vor mir selbst. Aber dann tröste ich mich mit dem Gedanken, dass jeder die erste Liebe durchmachen muss. Gerade so wie die erste Zigarre und den ersten Rausch. Zuerst ist es schön, und die Folgen sind abscheulich.

Sie beleidigen mich! Murmelte die Dame.

Er zuckte die Achseln. Sie haben es nicht besser gewollt. Auch möchte ich Ihnen noch etwas sagen. Man spricht immer so viel von der ersten Liebe, als wenn sie etwas Heiliges wäre, und doch ist sie gewöhnlich die erste große Dummheit des Lebens, wie man an Ada Ravenstein und an mir sehen kann. Sie liebte einen Fritz Neumann, und ich – nun Sie wissen ja! Aber man spricht niemals von der letzten Liebe. Vielleicht deswegen, weil man uns arme, alte Menschen eines tiefern Gefühls nicht mehr für fähig hält. Aber da Sie noch Gefühl zu haben scheinen, so möchte ich Ihnen doch erzählen, dass die da – er wies auf den Hügel –, die dort unter den Rosen schläft, für mich sehr reizend, sehr liebenswert, sehr anziehend war. Trotz ihrer Schulden, trotz ihrer verschiednen Stimmungen und trotz ihrer falschen Freunde, die sie gleichgültig ins Armenhaus hätten gehen sehen. – Sie werden jetzt einen Kaffee geben und erzählen, ich hätte sie unglücklich geliebt. Tun Sie das; man wird den Geschmack des ältern Mannes bedeutend besser finden als den des jungen. Leben Sie wohl!

Der Graf war langsam den Kirchhofsweg hinuntergegangen, und Frau von Zehleneck sah ihm sprachlos nach. Sie wollte lachen, aber sie konnte nicht; dann versuchte sie es mit Tränen, und diese flossen reichlich. Sie wurde sogar so gerührt, dass sie sich vornahm, ein andrer, besserer Mensch zu werden, aber sie vergaß dabei ganz, dass sie diesen Vorschlag schon hundertmal gefasst und niemals ausgeführt hatte.

So war es auch diesmal; nach acht Tagen gab sie wirklich den Kaffee und verlästerte den Grafen nach allen Regeln der Kunst. Er machte sich nichts daraus; ihm war das Leben sehr gleichgültig geworden, obgleich er es mit einer gewissen vornehmen Würde weiter trug.

Vor einigen Jahren ist er gestorben, während Frau von Zehleneck noch lebt. Sie ist noch ganz wie früher, bis auf die Veränderungen, die das Alter an ihr hervorgebracht hat. Niemand liebt sie; jedermann aber fürchtet sie. Sie gehört zu den Leuten, von denen man, wie der landläufige Ausdruck ist, Geschichten schreiben kann. Sie weiß viel, und sie erzählt noch mehr, als sie weiß; nur von einem Gegenstande schweigt sie beharrlich: von der ersten Liebe.